Amor estragado

Amor estragado

Ana Bárbara Pedrosa

Copyright © Ana Bárbara Pedrosa, 2023

Editores
María Elena Morán
Flávio Ilha
Jeferson Tenório
João Nunes Junior

Capa: Maria Williane
Projeto e editoração eletrônica: Studio I

Dados Internacionais de Catalogação na Publicação (CIP) de acordo com ISBD

P302a Pedrosa, Ana Bárbara
Amor estragado / Ana Bárbara Pedrosa. - Porto Alegre : Diadorim Editora, 2025.
234 p.; 14cm x 21cm.
ISBN: 978.65.85136.22.8
1. Literatura portuguesa. 2. Romance. I. Título.

2024-3421
CDD 869.1
CDU 821.134.3(81)-1

Elaborado por Vagner Rodolfo da Silva - CRB-8/9410
Índice para catálogo sistemático:
1. Literatura portuguesa : Romance 869.1
2. Literatura portuguesa : Romance 821.134.3(81)-1

Todos os direitos desta edição reservados à

Diadorim Editora
Rua Antônio Sereno Moretto, 55/1201 B
90870-012 - Porto Alegre - RS

MANEL

Matei a minha mulher. Não fiz de propósito, mas é daquelas coisas que, depois de feitas, já não deixam volta a dar.

Quando se faz uma destas, há que manter a cabeça fria. Qualquer treta pode dar cabo de tudo. Por isso, cheguei a pensar em inventar uma história, livrar-me desta merda, ver se me safava de lixar a vida toda só porque me passei dos cornos. Comecei logo a dizer "Foi um acidente, a sério" e o que mais me custou foi que os meus irmãos não acreditassem, e ainda por cima se pusessem contra mim. Não era que eu não estivesse arrependido, que não quisesse saber, que achasse bem. Eu até cheguei a chorar por não ter conseguido sentir nada, sabia que não devia ter feito aquilo, mas também não quis meter-me numa bem pior. Além disso, ela não ia deixar de estar morta só por eu estar preso numa cela.

Foram tempos duros. Telefonei ao Zé a pedir-lhe ajuda. Veio a correr e pelo meio telefonou ao Bruno. Depois ficaram ali os dois como cães de guarda, chamando a ambulância e a polícia. O Zé parecia um *robot*, mal olhava para mim, tratava-me como só se trata um rato morto. Algures pelo meio, até chorou. O Bruno estava uma bomba atómica, notava-se que queria partir-me a cara e que só não o fazia porque eu era irmão dele. Naquele dia, parecia um leão enjaulado a fumar em frente à janela e eu ouvia a voz

do Paulo, vinda de longe, de há muito tempo: "Seu cobarde, bates na mulher." Chegava a sentir vergonha especialmente porque toda a situação fazia de mim um puto. Eu, o mais velho, era de repente o burro que tinha feito asneira e precisava de ajuda para ser salvo. E, durante meses, os meus sobrinhos nem olharam para mim.
 Não debatemos o assunto como irmãos. Falavam comigo de cima para baixo, como o empecilho que lhes tinha metido nas mãos uma daquelas. Não me ia ficar só por ter armado o cão, mas cada tentativa de interferir na decisão deles era uma nova humilhação. Eu dizia "Podemos dizer que ela caiu, a gaja estava sempre bêbada" e o Bruno explodia com "Cala a puta da boca, caralho, cala a puta da boca!" Feria-me que me tratassem assim e o Zé sentia-se à vontade para me dizer "Tu não vês as marcas no pescoço, seu idiota?" como se não tivesse amor de irmão para me dar. Podíamos ter resolvido a coisa entre a família, mas para eles foi mais fácil espetar-me a faca, chamar a polícia, não ter trabalho nenhum.
 Mandavam-me calar, fingiam que não me ouviam, falavam por cima de mim. Não me dirigiam a palavra e nem o meu nome diziam. Ouvia-os sempre para trás e para diante a tratar-me como a merda de um frango a quem se desse um pontapé. Deviam achar que o grupo eram eles e eu era a escumalha à parte. E ficaram ali como sentinelas para que eu não fugisse da polícia, dois Judas que não queriam saber de mim.
 Percebia logicamente que, se me ajudassem, lhes ficava com uma dívida grande, mas não éramos

irmãos? Era suposto estarmos juntos para a saúde e a doença, sem cobrar, sem medir forças. Outras famílias tinham suportado bem pior. Que raio de fraternidade era aquela, que parecia ir com os porcos por um deslize que nem sequer os tinha posto em xeque?

Nas semanas seguintes, lá fui percebendo que aquilo também os lixou. Primeiro, porque eram mais novos e frágeis, tinham passado a vida a ser protegidos por mim e pelo meu pai. Não sabiam encolher os ombros perante os problemas, gostavam de mastigá-los até já não haver saliva. E com isso davam cabo da cabeça, julgavam por dá cá aquela palha, perdiam a paciência e ainda apareciam na rua com olhos de quem tinha chorado a noite inteira.

Por causa dela.

Segundo, porque sentiam que toda a gente os acusava. Cada palavra que ouviam sobre a Ema era uma seta. Os vizinhos testavam-nos, os amigos também. No fundo, todos sabiam que éramos um só. Sabê-lo-iam eles?

Eu sei que a culpa é minha, mas paciência. Se ela não andasse bêbeda e não me irritasse, se não me envergonhasse ter casado com ela, isto também não teria acontecido. Fez-se de burra e teve o que mereceu. Que homem aceitaria ver-se com uma mulher aos cambaleios, sem querer saber do mau nome que lhe dava? Que fez o Zé para ter uma mulher a sério e que mal fiz eu para ter uma parola daquelas?

A Marília deu três filhos ao meu irmão. E todos tinham inveja dele, ninguém percebia como é que o gajo estava naquele campeonato. E quando se conheceram até ele mudou. Parecia exigir mais, percebia que tinha de haver esforço para não fazer figura de urso ao lado dela. Cortou o cabelo, deitou fora as sapatilhas. E nada de blusões de couro, de repente só andava de blazer, camisa e sapatinho. Eu sabia que era ela que lhe comprava a roupa. Não parecia ter vergonha dos modos com que ele chegava no início, até se ouvia a ternura quando dizia "O meu Zé não tem gosto nenhum." Mas os hábitos formam e ele passou a tê-los caros. Poupava o dinheiro dos cigarros e dava-lhe casacos de vinte contos para cima. Ela andava por aí, muito melhor do que qualquer outra gaja, e parecia que não havia volta a dar. Quem a via pensava uma única palavra: mulher. Outros filhos da puta pensavam logo em comê-la. Chegava a irritar ver toda a gente a olhar para ela, mas eu também olhava.

E sobre a Ema ninguém pensava nada. Ninguém queria saber. Toda a gente a conhecia e era parte da paisagem, de mim nunca ninguém sentiu inveja. Perdia-se em conversas estúpidas, mesmo à lorpa, não tinha nada para dizer ou dar ao mundo. Eu estava naquela idade em que já era hora de casar e ela parecia-me uma coisa estável. Afinal, para onde iria depois de ter estado casada com um de nós? A nossa família era respeitada, ninguém se meteria com as nossas, não havia um único boato de uma mulher a meter os palitos nesta casa. Quando chegassem os filhos, ninguém ia poder dizer que eu andava aqui por ver andar.

Meter a pata na poça pode foder a vida a um gajo. Não tivesse eu sido burro ao ponto de escolher a mulher errada e talvez se tivesse evitado tudo isto. Agora até percebo que seja fácil apontar-me o dedo. Qualquer um pode enfiar garganta abaixo o discursinho cor-de-rosa e fácil de que sou violento, de que os homens são assim, de que as mulheres passam por muito. E não digo que não passem, mas a vida não é a merda que se vê na televisão. E eu não sou violento porra nenhuma, não me dá gosto a ideia de pancada, não me meto por dá cá aquela palha, os meus sobrinhos adoram-me. Não ando às turras em tascas nem ameaço ninguém. Fora a minha mulher, nunca levantei a mão a nada. O problema era ela e qualquer um faria o mesmo nas circunstâncias em que eu estive. Se ela fosse melhor, se fosse menos bêbeda, mais decente ou mais jeitosa, o rumo teria sido outro. É fácil encher a boca com discursos que agradam a unicórnios, mas só não tem problemas quem teve a sorte que eu não tive.

O Zé, por exemplo, adorava ficar escandalizado. E o Paulo olhava para mim como se eu fosse um puto estúpido. Não me fodesse a cabeça. Nem sabia o que era a vida, solteiro aos 44. Ganhava o dele ao fim do mês, saía quando tinha de sair, voltava para casa às horas que queria e não dava cavaco a ninguém. Morava com a minha mãe, deixava os *boxers* em cima da cadeira do quarto, se deixasse uma garrafa de cerveja na mesa de cabeceira ninguém lhe chateava a cabeça. Se bebesse uns copos a mais, ninguém lhe chamava bêbedo. E mesmo assim adorava pôr aquele arzinho de esperto, fingir que era mais velho do que eu, condenar-me sem pensar por um minuto no que era a minha vida, e eu ainda faço o que ele devia ter feito, defendo-o em todas as ocasiões porque ele é meu irmão.

E o Bruno teve uma vida demasiado vidinha para poder julgar seja quem for. Acha uma desgraça que eu bata na mulher, mas se a minha tivesse herdado uma casa como a dele eu nunca teria tido um pretexto para erguer a mão. Viemos da mesma vida, mas não tivemos a mesma sorte.

    Adiantei-me. Correu muita tinta, não chegámos aqui à toa.

Esta é a história de quatro irmãos. Quatro rapazes nascidos na mesma casa, que cresceram juntos, foram homens juntos. Quatro homens que terão de ser sempre a mesma coisa. E esta é a história das provas deles. Até onde ficam juntos, quanto vale o sangue? Achei que seríamos sempre a mesma coisa, que a maior lei era a família, e vi como me chutaram para canto por uma estranha, uma mulher que não era irmã deles e que só conheciam por ser minha.

Parecia tudo tão sólido na infância. Vivíamos todos juntos, estaríamos sempre juntos. Éramos rapazes normais, a vida ainda não era esta filhadaputice. Eu ia ao focinho ao Bruno; o Zé e o Paulo andavam sempre à coça. Vivíamos bem e éramos felizes.

Passaram sei lá quantos anos, mas nunca esquecerei o dia da galinha. Tínhamos ido para um armazém abandonado junto ao rio, onde costumávamos ser arruaceiros à vontade. Longe dos pais, quem fosse mais velho mandava, ou seja, mandava eu neles os três.

Quando chegou o Guedes com os primos, percebemos que ia haver barulho. Eu tinha uns 11 anos, o Paulo, que era o mais novo, devia ter uns 5. Eu e o Bruno sabíamos defender-nos, mas os outros tinham de ter quem os safasse. E o Guedes era um gandulo de primeira, tudo servia para começar a andar à bulha. Tinha ar de mal parido e daquelas fuças que dão vontade de dar socos.

Os primos do gajo eram o Joel e um gordo muito estúpido, agora sei lá o nome dele. Metia-me sempre nojo ver-lhe a banha e ainda me irritava mais a mania de comer às duas e três cavacas no recreio da escola, lambendo os beiços como um porco. Mandava bocas aos putos sem massa – que eram os outros todos – e, pelos vistos, não se importava muito que lhe chamássemos Badocha.

A questão aqui era que os pais do Guedes tinham quinado os dois e ele não tinha nada a perder, o Joel era um jagunço e tinha um cão, o gordo era lento, mas tinha força. E os três eram uns cabrões sempre prontos para lixar a vida aos outros. Quando conseguiam partir a cara a alguém, era o Natal a vir mais cedo. Bastou ouvir o Guedes com o seu habitual "Então, morcões?" para que o Paulo ficasse com o lábio a tremer como quem ia chorar. O estúpido do gajo já lhe tinha batido duas vezes, só porque lhe tinha dado na cabeça.

Estávamos os quatro dentro do armazém e víamos as figuras deles, três vultos contra o sol e um cão cheio de dentes. Dei a mão ao meu irmão mais novo e ainda ouvi o Bruno a dizer "Vamos dar cabo dos gajos", sem perceber que a ideia era que não batessem ao miúdo.

Em resumo, o Paulo começou a chorar, o Joel riu, o gordo atiçou-nos o cão e o meu coração disparou antes de eu perceber porquê. Mal tive tempo para o ver galgar, começámos os três a correr, eu com o puto ao colo, e entrámos numa sala, fechando a porta atrás de nós. A partir daí, o embate foi três miúdos contra um cão, e na minha cabeça passámos muito tempo nisto.

Por fim, também o cão se cansou de bater contra a madeira e deixámos de o ouvir. Os outros também já se deviam ter posto a andar.

Mas não foi assim. Não foi o gordo. O Joel é que atiçou o cão, o gordo estava todo nojento a rir do meu irmão. Não me lembro bem mas não interessa muito, o que importa é que o Paulo tinha medo.

Passado um bocado, saímos da fábrica e já não havia cão. O Guedes tinha ido embora, estavam só ali os outros dois. Sentados a olhar para o rio, tinham-se fartado de nós, mas eu continuava irritado por ter perdido e continuava a precisar de sossegar o meu irmão.

Peguei numa tábua do chão, mais feita de bolor do que de pinho. O Paulo choramingou a pedir-me que não fosse, o Zé disse "Tem cuidado, pá" e o Bruno incentivou com um "Dá-lhes cabo da tola." Aproximei-me por trás e os passos não faziam barulho porque só calcavam terra. Ergui os braços, rodei os ombros e zás, espetei com a tábua no gajo que nos tinha mandado o cão. Não satisfeito com isso, ainda lhe dei dois socos na cabeça armado em Muhammad Ali. Segundos depois, o que não faltava era sangue, e o pânico do gordo foi só uma alegria que me deu. Não era que eu gostasse, a vida é que era assim. Quanto ao outro, deixou de ser Joel e passou a ser o Racha.

Vinham com a merda de um cão, levavam com um leão em cima. Metiam-se com o meu irmão e eu espetava-lhes com uma tábua na cabeça ou outra porcaria qualquer que lhes partisse as ventas. E ele, sem idade para ser rijo, ainda precisava de que eu lhe mostrasse que quem mandava nas ruas era eu.

E que não houvesse dúvidas de que eu estaria sempre ali para eles. Não havia um sem os outros, onde um estivesse eu também estava. Mesmo quando o Bruno me fodia a cabeça, que era quase sempre, não havia um braço que eu não estivesse disposto a dar por ele. Que homem vale mais do que o que vai à luta pelos irmãos?

Sim, eu sabia que podia haver consequências. Não era porque vivíamos pela rua que a lei era a da selva. Os nossos pais podiam ficar fodidos, eles podiam voltar com mais quatro ou cinco. Podiam demorar a vingar-se, mas iam tentar quilhar-nos forte e feio. Eu via homens a serem presos, chegou a passar-me pela cabeça que eu também pudesse ser. Ou mesmo que, se batesse com demasiada força, ainda matava o gajo. Mas o objectivo era safar o Paulo e ali estava ele, cinco minutos depois, tranquilo da vida, como quem sabe que ao meu lado não há crise.

Quando voltei para junto dele, sequei-lhe as lágrimas e disse: "Não podes chorar. Um príncipe não chora." E ele – lembro-me bem – sorriu finalmente. E o sorriso de um irmão é o mesmo que uma taça.

Depois, fomos jogar à bola para um bocado de mato. Fiz equipa com o Paulo, éramos os dois contra os outros. Olhei para ele e disse-lhe que íamos dar cabo dos outros, quase com pena daquele puto que vivia debaixo dos braços dos irmãos. Esquecendo-se do medo, o Paulo sorriu-me de volta. Ainda me doíam os nós das mãos, mas paciência, ia jogar com os pés.

O Paulo foi à baliza do meu lado, o Zé do outro. O Bruno, já se estava a ver, começou logo a gozar com o puto: "Se te acerto com a bola, ficámos sem guarda-redes." Ele percebia a provocação, mas sabia que eu era o Eusébio ou achava que os outros não iam chutar a sério. É que sabíamos todos que, quando o miúdo se aleijava, quem se fodia em casa éramos nós.

À terceira, o Zé, que se achava meio Garrincha, disparou lá de trás e, como era um nabo, em vez de marcar um golo, matou uma galinha, que depois de voar pelo ar caiu na terra. Os olhos, especados e estúpidos, já tinham ar de cabidela, e nós percebemos logo que tínhamos feito das bonitas. E então começámos: o Bruno culpava o Zé por ter chutado com força, mas o Zé culpava o passe que o tinha deixado na mão. Os dois diziam "Caralho, estamos fodidos", porque sabiam que contar aquilo à minha mãe ia ser um problema. E não adiantava fugir: ficaram os dois tão histéricos que a mulher do ferreiro os ouviu e saiu de casa. Ouvimos-lhe logo a voz esganiçada: "Cabrões dos putos, desteindes-me cabo da galinha."

Em casa, a minha mãe foi aos arames. Pagou um balúrdio pela galinha e nem a pudemos comer. E, mais humilhante ainda, teve de a pagar às prestações. Nem reclamámos do castigo — calámos e comemos. Nós sabíamos que aquilo era do pior que lhe podíamos fazer, que ela e o meu pai se matavam a trabalhar e que deitar dinheiro fora era um insulto.

Dentro do quarto, o Paulo chorava por não ter defendido a bola e eu pus-lhe a mão no ombro dizendo que o remate tinha sido ao lado. O Zé ria-se dele e atirava-lhe almofadas. O Bruno estava de pé e dizia "Só fazeis merda." Os quatro sentíamos que tínhamos estragado a vida aos pais.

A infância é uma coisa bonita: caímos juntos e esmurramo-nos e somos amigos para a vida. Aliás, mesmo que não fôssemos amigos, éramos carne desta carne e pouco mais importa.

Passaram o quê? Quarenta anos? Faria tudo de novo para alegrar o meu irmão.

Com quatro rapazes, a nossa mãe parecia viver para aquilo, limpava o que sujávamos, remendava o que rasgávamos. Naquele dia, pôs-nos de castigo e levámos um estalo cada um. Vinha cansada da feira, a quase um quilómetro de distância, com dez quilos de batatas, abóboras, cenouras. Era demasiado peso para o seu corpo de mulher e depois – admito – nós só lhe lixávamos a vida. Ainda por cima, castigar-nos era inútil. Mal ela virava as costas, vinham mais asnadas, e nunca nada era pacífico, o Bruno irritava-se com o Paulo porque não percebia que era um puto, eu irritava-me com o Bruno porque aquilo não era maneira de tratar um puto, o Zé irritava-se com o Paulo porque eram os dois putos.

Mas que não se entenda mal. A vida de uma família é isto. Andamos dia e noite à porrada, mas damos a vida pelos outros, e sei que já na altura o Bruno a daria por mim ou pelo Paulo. Fora as nossas merdas, éramos nós e o mundo e o mundo contra nós. Se eu andava à porrada todos os dias com ele, era só porque era assim que se vivia.

No inverno, por causa do frio que entrava por uma janela que tínhamos partido a jogar à bola, o Bruno estava com uma amigdalite e tossia como um cão a ladrar a noite inteira. A minha mãe chegou ao quarto, às escuras, e confundiu os filhos, meteu-me mel pela garganta abaixo e eu nem piei. Não só não queria que se apercebesse do engano como não me queixava por ter uma colher inteira de mel só para mim sem estar doente.

*

Não sou santo nenhum, claro que o Paulo às vezes chateava. Impedia-me de fazer o que queria, quando queria, como queria. Corria atrás de nós e uma ou outra vez até fizemos os possíveis para o deixarmos em casa. Quando era muito pequeno, começava a chorar e nós voltávamos atrás, cheios de pena, porque no fundo éramos todos bons irmãos.

Estive ao lado dele desde o primeiro dia e, mesmo quando a vida começou a dar para o torto, mesmo quando ele me espetou a faca, continuava a ser quem tinha sido e eu continuava a ser o seu irmão mais velho. Mas eu devia ter desconfiado. Defendi-o sempre de tudo e ele já em pequeno estava pronto para a traição. Um dia, estávamos os dois com a minha mãe na cozinha a comer dióspiros* e laranjas. O sumo escorria, a minha mãe usou o guardanapo. Eu achei que o gesto de limpar os lábios era o mesmo que beijar o pano. Quando ela virou as costas, escondi-o no bolso. O farrapo era sagrado porque tinha os lábios dela. O Paulo viu-me a metê-lo sujo ao bolso, não disse nada e lá deve ter percebido que aquilo era um segredo, que devia estar calado. Ora, uns anos depois, já se devia ter esquecido disso, mas lembrava-se do resto e armou-se em estúpido. Devia ter uns 10 anos, e disparou:

— Pois, e tu roubaste o guardanapo à mãe.

Estávamos com o Vasco no parque das Termas e estava um sol do caralho. Sentados na terra e nos

---
* Caqui

galhos, víamos o rio deslizar à nossa frente. O Vasco, apesar de ser filho do dono de uma fábrica e de ter mais dinheiro do que nós, gabava-se de ser mais fino do que os outros e de gamar das lojas.

Chocou-me que o Paulo ainda se lembrasse, mas chocou-me ainda mais que me acusasse em frente ao Vasco, que nem sequer era da família e comia papos-secos com mel como se não houvesse amanhã nem fome, e nem sequer oferecia. O que me chocou foi a vida: que se largasse um irmão.

Eu tentei desviar com um "É que a mãe não sabia que o guardanapo era sagrado", e aí começou a confusão, com o Vasco a meter o bedelho e a dizer que para muita gente nada era sagrado, que para os comunistas não havia nenhum Deus, o que era uma estupidez do caralho, porque o meu pai era comunista e ia à missa. Pelo menos serviu para o Paulo se calar, porque com as outras famílias não se podia falar de merdas destas.

Fomos para casa, e deixámos lá o Vasco a queixar-se de que o pão era duro quando a comida era comida e servia para encher o bandulho. O gajo irritava-nos, mas morávamos perto dele e jogávamos à bola. Não era que eu achasse bem que ele roubasse, que não me metesse nojo que o fizesse sem precisar, que manias estúpidas de ricos não parecessem uma ofensa à vida dos meus pais, mas que se lixasse. Sem que o gajo me dissesse grande coisa, lá nos fizemos homens juntos.

Na véspera dos meus 16 anos, quando já eu gastava as mãos na fábrica e ele, como um puto, andava na escola industrial, em Guimarães, ainda me faltava

muita coisa. Via-me como um homem, mas faltava-me saber o que era uma mulher. A ele também.
    O sol batia-lhe por trás e eu lembro-me da cara redonda dele ao dizer:
— Era bom, não era?
E de eu responder:
— Mesmo.
    Estávamos a falar de ser adultos, jogar na selecção, ter mulheres, morar no Porto.

Trabalhei como um burro desde novo. Fazia o que fosse para meter uns trocos ao bolso, e que nojo me metia aquela merda.

Quando estava nos Vasconcelos, o meu trabalho era partir pedra. Depois de três dias, já me custava adormecer com dores nas costas. Parecia que até a pele me doía. Fazíamos aquilo ao sol, acabávamos de tronco nu e o calor caía-nos a pique a partir de um céu sem nuvens.

O Borges e o Adelino, que já lá estavam, ainda se riam de mim, os filhos da puta, e diziam que me faltava músculo e outras coisas. "Um mês ou dois nisto e já enrijas." Mas nem aguentei tanto tempo. Duas semanas depois, já a picareta me custava e só pensar em trabalho já me fodia a cabeça. Tinha bolhas nas mãos e comecei a odiar aqueles gajos. Talvez fossem massa para encher chouriços, mas eu podia ter melhor da vida. Tinham 23 anos e não podiam dar para mais, mas eu ainda era novo e tinha tudo à frente.

A seguir, fui para uma fábrica de têxteis. Parecia um preto a trabalhar, e durante oito horas e meia por dia via um fio de luz a entrar por uma janela minúscula. Lixava-me que ser um homem fosse aquilo e que os meus irmãos em casa ainda pudessem ser rapazes.

Aguentei-me cinco meses e fui trabalhar para um armazém que vendia tecidos a retalho. Era um pandemónio. Havia dezenas de caixotes amontoados sem indicações por fora, bocados de pano largados por todo o lado, cotão que se acumulava em todos os cantos e me fazia espirrar como um alérgico. Não havia um catálogo e, sempre que um cliente chegava ao balcão, era preciso andar três corredores até ao lugar onde estava o material. Nesses corredores, havia milhares de linhas e dedais e pentes e lâminas e lápis e fitas e sei lá que mais.

Quando alguém chegava e me pedia três por três metros de linho branco sem bainha, era o caralho para procurar entre os caixotes, e o tecido ainda por cima estava todo encorrilhado e antes de o servir eu é que tinha de o cortar. Não havia como pôr ordem naquilo sem se fazer um inventário e etiquetar as coisas, ou pelo menos escrever o nome dos produtos a marcador na caixa.

O Fontes, que era o patrão, não entendia isto. Eu expliquei-lhe, mas não adiantou nada. Vozes de burro de carga não se ouviam. Eu dizia-lhe as merdas como se ele fosse uma criança atrasada ou uma gaja, mas acabava sempre tudo com "Limita-te a fazer o teu trabalho", quase como quem sugere que pôr ordem nas coisas é ser molenga, mas eu conhecia a livraria do meu pai, sabia que não se fazia aquilo sem se fazer um inventário. O gajo queria cobrir as contas depois do gasto e os números caíam do céu, as contas batiam sempre ao lado. Comecei a fazê-lo na mesma e o cabrão queixou-se:

— O que é que estás para aí a escrever? Devias estar a trabalhar.

E eu disse-lhe que estava a trabalhar:

— Estou a fazer o inventário.

— Que merda é essa? Quando chegas, tens de lavar tudo e empilhar as caixas.

— Mas a sério que não quer mesmo um inventário?

— Quero mas é que comeces a trabalhar, é para isso que te pago.
Não é que pagasse muito, mas que raio ia eu fazer? Tinha na mesma de vergar a mola ali o dia inteiro.
Às três da tarde, o povo aparecia em banda, e eu trocava-me entre artigos, buscas, cortes, retalhos, restos, pagamentos, trocos, moedas que não tinha para dar. Era trabalho a mais para um gajo só, e trabalho a muito mais para um gajo novo. E ainda tinha um patrão que era cento e dez quilos de couratos e burrice.
Uma semana depois, já eu estava cheio daquilo. E o palhaço do gajo ainda veio ter comigo:
— Faltam 500 paus na caixa.
Aquilo nem foi desforra, foi triunfo:
— Pois, é mais difícil gerir sem se fazer um inventário.
Ele ignorou-me e disse:
— Vê se os encontras.
Achei que me ia deixar em paz mas resolveu procurá-los comigo. Remexemos tudo, e nada. Até entre as folhas do bloco onde eu fazia as contas procurámos. Nada. Para ver se não era engano, procurou no bolso dianteiro da camisa e eu não pude deixar de evitar olhar para o pêlo que lhe saía do peito e que mais parecia cabelo.
Irritado, suava como um porco e pegou no lenço de mão para limpar as gotas que tinha espalhadas na testa e na careca. Os homens balofos suam mais. Disse:
— Caralho para esta merda. Arranja-me um cigarro.

Tirei o maço das calças e, junto aos cigarros, estavam 500 paus. O gajo não ia acreditar se eu dissesse que eram meus.

— Cabrão. O teu pai sabe desta merda? Põe-te no caralho.

Não argumentei, porque não valia a pena e já lá tinha entrado a querer pôr-me nas putas.

— Quero lá saber. Também já estou farto disto. Não percebe que isto é demasiado trabalho para um homem só?

— Homem? Tu, para além de um garoto, és um ladrão.

— Como queira. Então desemerde-se com isto.

Virei-lhe as costas e, antes de chegar à porta, o gajo atirou-me o maço de cigarros à cabeça. Os 500 paus estavam lá dentro.

— Põe-te no caralho e não fiques a achar que te devo alguma coisa.

Controlei-me, mas ainda pus os pontos nos is:

— Nem sei como aguentei tanto tempo nesta merda. Você nem sabe gerir um negócio. Continue a poupar nos empregados e é normal que nenhuma conta bata certo.

Continuei a andar e, já junto à porta, parei de novo:

— E você sua tanto que cheira pior do que um cavalo.

A tropa foi o que é para todos, carneiros fardados a comer mal dia após dia. Davam-nos feijão duro e parecia que achavam que não fazer a cama em vinte segundos ia provocar um ataque histérico de ETs. As bocas sem Colgate daqueles gajos todos davam-me vontade de lhes meter um pinhal goela abaixo e metia-me nojo que o burro do coronel gritasse como se eu fosse um maricas quando só me apetecia afundar as bolhas dos pés em bagaço e Betadine, mas a vida de um homem era aquela merda e, por ser tão fácil, a vida das mulheres era um insulto.

Lá voltei com 23 anos. A partir daí, já não havia volta a dar, tinha de encaminhar a vida, encontrar uma gaja qualquer com quem casar. Se tivesse corrido bem, teria engatado a Karen Hafter, que vivia do outro lado do mar, num país chamado Playboy, mas eu não tinha passaporte. Fui ao que havia.

Nesta altura, ainda estávamos os quatro na casa dos meus pais, mas já fazíamos pela vida. O Bruno girava por tudo o que era boate e até parecia que sabia mais da vida do que nós. Gostava de aparar a barba e deixava sempre os dois botões de cima da camisa desapertados para fingir que não queria saber. Era assim que o gajo as apanhava. Conhecia as músicas que passavam em todo o lado e até em inglês cantava, apesar de só saber dizer *"the man of the game"*. Nas discotecas, toda a gente o conhecia e ele bamboleava de copo na mão, mesmo à patrão.

Foi por aí que conheceu a Idalete, que, longe de ser uma beleza, e aqui vou ser simpático, sabia coisas da vida. Andava pela discoteca a abanar-se toda a ver se alguém lhe punha a mão. Tinha um decote tão grande que aquilo era um altar, com duas abóboras ali a olhar para os homens. Andava atrás do meu irmão, ferrava-lhe a orelha e o pescoço e atirava a cabeça para trás, mesmo à gaja que leva dez tostões. Aquilo abanava tudo. A seguir, ria-se e punha-se a andar, só voltava quando lhe apetecia emborcar mais uma vodca. Ele pagava-lhe isso e gins e eu já paguei menos por melhor, mas um gajo em novo faz é pela vida e come o que tiver no prato. Julgava que tinha ali uma cavala e eu julguei que ia saber ter juízo, mas nada, foi como um burro. Engravidou-a, ela não quis um desmancho e ele é que se desemerdou como pôde. Foi anjinho, assumiu o puto e acabou por ir morar para a terra dela com os tomates pendurados ao pescoço.

No meio disto, o Paulo ainda andava na escola, mas estava quase a ir trabalhar para a livraria. Depois de ter fugido da PIDE[*] e de o 25 de Abril o ter salvado, o meu pai conseguiu arrendar um espaço, pôs-se a vender lápis e guaches, livros Sabrina, Harlequin e mais papel, e aguentou-se a sós nos primeiros anos até que aquilo começou a dar para os dois. Eu já tinha ido à minha vida, mas era óbvio que ficava melhor lá do que a dar o corpo a um palhaço qualquer. O Bruno servia num restaurante e o Zé era ajudante num talho ao lado de casa. O Paulo ficou com a vida mais fácil, vida de menino pequeno, e para se entreter brincava aos locutores de rádio. Já nessa altura tinha encavalitados no nariz uns óculos de míope que lhe davam um ar de pulga desamparada. Dos quatro, foi o único a nunca ter tido bigo-

---

[*] Polícia política criada pelo ditador Antonio Salazar em 1945 para perseguir oposicionistas. (N.E.)

de e o primeiro a perder o cabelo. O Zé teve bigode durante uma semana só para dizer que conseguia. Pouco tempo depois, já ele andava aos saltos por ter conhecido a Marília. Dessa, eu gostava. Era boa mulher, e tinha classe. E nós éramos quatro irmãos, mas talvez já aí se visse que não havia ponta por onde se pegasse. Dois anos metido na tropa e já nem sabia o que era a minha casa.

Ao voltar de lá, comecei a trabalhar na fábrica de pijamas e a vida era uma coisa muito a sério. Ali, o patrão era um tontinho armado em esperto. O trabalho era pesado, rebentava-me as costas todas, e pagavam-me como se eu fosse um cigano. Se um de nós morresse, a preocupação do Freitas seria só enviar um formulário aos Recursos Humanos para arranjar um gajo mais barato. O que mais me irritava nele era olhar para nós de cima para baixo, apesar de ter a nossa idade.

Não falava dos negócios a ninguém e parecia um criminoso. Tinha a puta da mania, não confiava em nenhum de nós, falava o mínimo possível, devia julgar que lhe íamos roubar o relógio abichanado. Os funcionários chamavam-lhe doutor apesar de ele nunca ter estudado. Tinha ficado rico porque o pai era um gatuno: pediu vinte mil contos de empréstimo para investir numa vacaria e a seguir meteu o dinheiro ao bolso, deixando tudo aos filhos. Antes, ainda foi preso, mas por pouco: safou-se com o 25 de Abril, mas não deixou de ser fascista. Passeava-se por Vizela na maior, boas gravatas, sapatos caros.

Não tinham vergonha na fronha, o que importava era haver massa no bolso. O pai deu os primeiros passos na aldrabice e o burro do Freitas seguiu para a fortuna a achar que os canalhas eram os outros. Não precisava de cordões para a bolsa, quem o via tinha inveja e o gajo achava que isso o fazia melhor e mais esperto. Votou PSD a vida inteira e casou com uma gaja que até era mais ou menos, mas que tinha tantas peneiras que até metia nojo.

Viveram bem o tempo todo, mas também é fácil vender o trabalho dos outros. E queriam que o povo andasse de cabecinha baixa a fazer-lhes vénias ou a lamber-lhes as botas ou a puta que os pariu. Mas a tinta cobre a cara a toda gente, e um dia eu disse:

— Freitas, você tem...

Vi-lhe logo o ar de enfado.

— Não é você, é senhor Freitas.

— Você tem óleo na cara, senhor Freitas.

Vi-o irritado e fiquei tão feliz ao vê-lo sujar a camisa branca marca Camperi enquanto limpava a cara à manga. Ainda me ri disso à noite em casa, enquanto, da varanda, via o casarão da frente, que era do senhorio da minha mãe e do antigo patrão do meu pai. Era lá que a Ema trabalhava aos sábados. Não era uma Claudia Cardinale, mas metia-se a olhar para mim quando eu ia lá pagar a renda. Eu dava-lhe o envelope com o dinheiro e ela largava o esfregão para o receber. A casa cheirava sempre a óleo de cedro e ela a detergente de limão.

Os meus irmãos estavam encaminhados, o Bruno já tinha um filho, mas estava longe, o Zé até irritava com tanta alegria, tanto filme visto no cinema, tanto tempo a pentear o cabelo que media centímetro e meio e não exigia pente. Faltava eu, e até achei piada à Ema. Sabia lá o que estava para vir. Hoje, não é que me arrependa, a vida é o que é, e se me tivessem avisado na altura teria sido igual, porque um gajo quando tem um buraco à frente não olha para mais nada.

Vizela cabe num bolso e eu bem lhe via o dia a dia. Já daí podia ter visto que era gaja sem interesse. Depois do trabalho, a Ema ia sempre aos mesmos sítios: passava no mini-mercado da Lameira e comprava línguas de veado, comia-as sentada no jardim a ver as flores, parava na montra da Pão de Ló Delícia e espreitava os bolinhóis, metia a cabeça na porta só para dizer "Senhor Adelino, hoje estão com bom ar, docinho" e seguia para casa sem comprar nenhum, mesmo à pobre. Ainda passava no café da Zeca para dizer bom dia a toda a gente. Metia-se em casa e quase sempre ia à noite ao jardim tomar um café com a irmã e o cunhado. Vestia-se como todas as mulheres do povo, mas, em vez de uma malinha de senhora, usava um saco de plástico da Delta que lhe tinha saído de graça ao comprar dois pacotes de café no supermercado Universal.

Sem tretas: estatura normal, cabelo normal, vida normal. Saía ao lençol de cima, mas tinha sido demasiado tempo a contar as tábuas do tecto ou a meter dinheiro onde não devia. Ninguém lhe tinha posto a mão e eu queria carimbá-la. Ainda por cima, fazer aquilo sem barrete era outra coisa de certeza.

Era uma gaja como as outras, dizia umas caralhadas, mas servia para umas voltas. Ainda me lembro de como se apresentou da primeira vez que falámos: "Aqui só faço hora extra. De resto, faço limpezas no Banco Nacional Ultramarino, foi um emprego que herdei da minha tia." Sorri-lhe, meio matreiro: "E não tens nome?" Pela primeira vez, ouvi a palavra Ema.

Em vez de olhos de gato, tinha olhos de rato. Ainda era nova e as mamas já eram dois saquinhos pendurados e sem graça, mas eu gostava daquele cheiro limpo a detergente. Disse-lho e acrescentei que gostava de a ver sem avental. Ela encavacou-se por não estar habituada a elogios — por não estar habituada a homens. Poucos dias depois, fomos a uma esplanada no jardim. Ela disse qualquer coisa, eu olhei ao longe. Perguntou-me "Estás a olhar para onde?" e eu respondi "Estou só a fingir que não te ligo para não parecer muito interessado." Ela, que estava a beber água com gás, riu, e a água escapou por entre os lábios. Até me podia ter metido nojo, mas um gajo em novo aceita qualquer burra de saia. Além disso, uma mulher tão fraca ia precisar de um homem que a protegesse, e eu era bom para isso: tropa feita, braços fortes, pelo no peito.

Depois de crescer em ditadura e de andar na tropa a comer lama, o que um gajo quer é voltar para casa, encontrar uma mulher que saiba cozinhar, fazer-se à vida. Nunca dei para a cantiga de ser herói fardado, sempre soube que viver bem era ter uma cama quente, passar lá muitas horas, ter a barriga cheia, dinheiro a pesar no bolso.

    A Ema era uma aposta fácil. Morava ali por perto, sabia esfregar o chão, tinha jeito para a cozinha, andava de bico calado, não me ia cansar a cabeça. Nunca lhe falhava a mão no sal. Levantava-se cedo e dava o corpo ao manifesto. Para além de se estourar toda no banco, acumulava horas aqui e ali em casas de palermas ricos e em cafés. Nunca abancava enquanto houvesse que fazer. Lembro-me de pensar que, como mulher, nunca me daria razões de queixa, e era fácil conviver com ela. Ria-se das piadas, quase nunca discordava, gostava de passear aos domingos. Podia estalar a terceira guerra mundial, que ela continuaria a vergar a mola, voltada para o chão. E o chão brilhava sempre depois de a ver passar, não porque ela fosse grande coisa, mas porque lhe dava forte e feio com o esfregão. O passado era um livro aberto, ela também. Com a pele pálida, o cabelo baço e aquela amostra de mamas a enfeitar, não seria preciso vigiá-la, e eu lá fui sentindo que a vida ia ser aquilo. Claro que tinha sonhado em ser capitão do Benfica ou morar numa mansão com uma loira. Isso faz parte de crescer, e ainda dava jeito o ecrã e a lagosta, mas a vida era outra coisa. Quando um gajo assentava, bastava-lhe ver a bola, coçar os tomates, ser feliz. Ter dias normais, vá: rissóis, moelas, um bagaço e vinho verde.

    Lá houve um dia em que a fiz entrar à socapa para o meu quarto. O Bruno já não morava lá, os outros dois já nem sei onde é que estavam, mas não iam empatar. Disse à Ema para ir ter à uma da manhã à porta de casa, para termos a certeza de que os meus pais estavam a dormir. Perguntou-me se não a ia deixar lá pendurada e eu espantei-me com a ingenuidade de quem acha possível que um gajo de 20 e poucos possa rejeitar a hipótese de molhar o pincel. Não chegou a espantar-me que acreditasse que ia ser humilhada, porque entre homens e mulheres a coisa era sempre assim. Ao subirmos ao andar de cima, as escadas rangeram e ela riu-se. Entrou no quarto e disse uma coisa tão escusada que nem lhe respondi: "Ainda bem que o teu irmão não está." Sempre com a cloaca aberta a dizer coisas estúpidas.

    Depois deitámo-nos e falei-lhe de uma ou outra rapariga para ela não achar que eu era novo naquilo. Para mim, era hábito, não excepção. Ela, burra, sentiu que tinha sido escolhida a dedo. Não lhe cheguei a dizer que nunca tinha levado nenhuma mulher para casa, que nunca tinha adormecido com nenhuma. Ficaria demasiado feliz com isso. Deixei tudo em meias-palavras e então só faltava o que viria. Estávamos perto — ela com sobrancelhas que nunca tinham visto uma pinça, eu cheio de vontade de me pôr a chapinhar.

    E lá se deu. Como eu era acavalado, aquilo serviu para aquecer a sopa. Sem pedalada, ela ainda se fez de difícil, tive de empurrar para os lados. Mas lá me preparei para montá-la. Coitada da Ema: nunca tinha olhado para um arame. Nem sabia para que lado se virar. Arranquei-lhe os tampos à patrão. Achei-a apertada e foi uma maravilha fazer aquilo sem látex. No fim, perguntei "Gostaste?" Ela respondeu, à inocente: "A única coisa que te vou pedir é que me trates bem." Achei tão triste que a abracei sem responder.

ZÉ

Sabíamos, mas a vida era mais do que aquilo. E, mesmo que conseguíssemos ver que era horrível e injusto, o que mais pesava era a vergonha. Toda a gente sabia que ele era nosso irmão.
Conhecê-la foi esquisito. Claro que eu estava com a arrogância de quem ama e que era injusto compará-la à Marília, mas mesmo assim. Os meus pais já a conheciam, os meus irmãos também. Tinha sido meio ano naquilo. Eu ia a Guimarães três vezes por semana, ela passava os sábados comigo. E logo de início percebemos que a vida ia acontecer. Bastava-me vê-la a dobrar o bolo com sardinhas para ter a certeza de que não haveria vida que não passasse por vivermos um para o outro.
Conheci-a no cinema de S. Mamede, numa saída de grupo com um amigo em comum. No sorriso dela, cabia o mundo inteiro. Durante o filme, eu quis lá saber do Kramer, se estava bom para a Kramer, com quem ficaria a criança. Os problemas dos outros valem zero quando um homem se apaixona. Aquela mulher era tão diferente do resto que não percebi por que não corriam todos para ela. Alô, parem o filme? Como poderiam os homens ser imunes? Havia uma coisa qualquer que a distinguia das outras mulheres do mundo.
A meio do filme, olhámos um para o outro, e num enleio abri os lábios e sorri: nunca vira uma

mulher tão bonita em toda a vida. Era uma deusa coroada.

No carro do Márcio, apertámo-nos no banco de trás com o Chanfana ao lado. Os ombros estavam colados um ao outro e eu tentei colar as mãos. Pus a minha na dela, mas fugiu-me sem misericórdia, como quem espeta a faca no meu ego. Humilhado, olhei para baixo e ela, talvez por pena, voltou a meter a mão na minha. Na terça-feira seguinte, saímos só os dois, e no domingo anterior já eu começara a pensar em vestir-me melhor para ficar bem ao seu lado.

No dia em que a Ema lá foi, a Marília não estava e a minha mãe fez rissóis. Nunca percebemos porque é que fazia sempre coisas complicadas, quando para nós arroz e batatas era o mesmo que banquete, mas ela gostava de meter a mão na massa e passava as tardes a ouvir rádio para se entreter enquanto cozinhava. Ouvia fados e música pimba*, porque queria música para estar de acordo ou discordar e ali havia sempre argumentos e conclusões. Gostava de letras que lhe permitissem censurar os adultérios e metia-se na cozinha o dia todo a divagar sobre cantores e gente por quem não convinha que se apaixonassem. Inventava uma história de amor perfeita para cada um e por vezes chorava ao imaginar a Lady Laura a aconchegar o seu Roberto Carlos como ela aconchegara os filhos. Anos depois, já só tinha ouvidos para o Tony Carreira e nenhum homem o ouvia sem abrir a boca e refilar, porque nos comparávamos com ele e perdíamos em toda a linha.

Já o meu pai era mais polido e calado. Era raro

---

* Música equivalente, no Brasil, à que se convencionou chamar de brega.

vê-lo tirar os olhos dos jornais. Nunca ergueu a mão nem perdeu a cabeça com ninguém. A minha mãe batia-nos, ele dava-nos palmiersàs* escondidas, sabendo que tinha de tirar o jantar da boca para os pagar. Era paz de cima a baixo e, quando a vida se começou a encaminhar, nunca deixou de ter a barba feita e os sapatos engraxados. A minha mãe metia-se em algaraviadas sobre tudo, de mão na cintura e indicador estendido, e os olhos dele continuavam quietinhos. E ela lá se punha a inventar os silêncios, "É, não precisas de dizer nada, como se eu não soubesse em que é que estás para aí a pensar e digo-te já que nem penses que desta vez vai ser como queres", ou a aproveitá-los para dar razão a alguém, "Pois, quem cala consente, agora não me venhas depois dizer que queres que ponha outra vez ali a jarra." O meu pai continuava metido numa coisa qualquer e nem reparava que ela estava a provocá-lo, não dava pela falta da jarra num sítio nem notava que aparecia noutro.

    A Ema chegou e sentou-se. O meu pai esforçou-se por conviver, mas antes de ela abrir a boca já o estrago estava feito. Todos reparámos que não levou uma garrafa de vinho para o jantar. "Que falta de educação", disse a minha mãe várias vezes, nessa noite e nas semanas seguintes, ela, que nem sequer bebia.

    O meu pai tentou começar na sua praia, comentou as notícias e o PREC**, disse mal do Mota Pinto, bem do Papa. Ela, notava-se, não entendia

---

* Biscoito de massa folhada e canela, também conhecido como Coração de França.
** Sigla de Processo Revolucionário em Curso, período de agitação política que iniciou com a deposição de Salazar em abril de 1974 e culminou na nova Constituição portuguesa de 1976. (N.E.)

nada, sorria para disfarçar e dizia que não lhe sobrava tempo para "essas coisas". O meu pai insistia na política, mas logo ela dizia que a política dela era o trabalho, que era boa a lavar escadas e não dava transtorno aos patrões. Talvez acreditasse que isso pudesse agradar a um homem que tinha fugido da PIDE para França, talvez achasse que terem tido o mesmo patrão os unia, talvez não soubesse que ele tinha detestado trabalhar para um fascista. O meu pai ficou irritado, eu revirei os olhos e ela encheu mais um copo para aliviar a tensão. Não sei se o tom corado se devia ao vinho ou à vergonha. Atrapalhou-se, partiu um prato e eu era só vergonha alheia. O Manel ria-se, dizia "São coisas que acontecem", o Bruno não estava e pelo menos o Paulo não queria mesmo saber. Mas olhávamos todos para ela e o meu pai pensava "És ridícula" e a minha mãe pensava "És ridícula" e eu também pensava que ela era ridícula. O Manel não via aquilo?

MANEL

    Eu percebi logo que o meu irmão não gostou da Ema. Já sabia que ela era uma alonsa, mas aquilo custou na mesma e irritou-me. Como todos somos um, vi-a pelos olhos dele, simplória, aparvalhada, suja, mal vestida, e tentei inventar defeitos à Marília, mas qualquer um ia gostar de a levar a jantar fora. Já com a outra nem tive de me esforçar.
    O Bruno nem sequer tinha estado no almoço de domingo, mas que se fodesse, comecei a dizer mal da gaja dele à minha mãe. Ela era gorda, a Ema magra, peguei por aí. Atirei um "Muito gorda, a namorada do Bruno", apesar de ela já nem estar uma baleia, mas ouvi um "Ela esteve grávida, palerma." Eu sabia que sim, caralho, mas uma coisa era gravidez, outra eram dez quilos de presunto, e mesmo antes de engravidar também estava longe de ser um pau de virar tripas. As mulheres normais têm mamas, não melancias, e aquilo nem desculpa era porque o meu sobrinho já tinha nascido. Podia dizer mal da roupa parola que ela usava, mas a da Ema era a merda que se via, e também não percebia por que corno é que uma podia estar ali feliz da vida e a outra não. A Idalete lavava pratos num restaurante, guinchava alto e até de boca cheia falava, como um homem. Não era que o meu irmão tivesse engatado uma ministra.
    Um dia, depois de um bagaço, desabafei com um amigo, que tinha sido burro e era padre. Coita-

do, aquilo dava-me pena. Passava os dias no meio de velhas beatas e nunca ia saber que o único milagre que existe está num corpo de mulher a dizer que não quer mais. Mas queria lá saber, estava irritado com a vida e falava com ele porque sabia que me ouvia. Sendo padre, não ia abrir o bico. E, certo, eu já estava com a pinga. Pedi mais um cheirinho e comecei:

— Ando irritado com o meu irmão. Levei a Ema lá a casa e não gostou dela, nem sequer a tratou bem.
— O Bruno?
— Não, o Zé.

Nunca ninguém diria que era o Zé. Do Zé era sempre fácil gostar. Toda a gente achava graça ao Zé. Que lindo era o Zezinho.

— A vida de uma família é uma luta — disse, terminando o cálice. — O quotidiano é uma luta.

E eu soube lá que porra queria ele dizer com aquilo. Que não fazia mal que o meu irmão não gostasse da minha gaja? Que era suposto os meus pais criticarem a Ema por não ter levado a merda de uma garrafa de vinho que eles nem iam beber? Que era comer e calar enquanto toda a gente gostava da Marília e ninguém dizia nada da Idalete, estúpida ao ponto de engravidar antes de casar, com aquela cara de bode e coxas de bovino, nem do meu irmão, estúpido ao ponto de lhe fazer um filho quando mal a conhecia e ainda morava com os meus pais?

— Só tens de encontrar uma mulher e amá-la. Esse é o teu caminho e o resto faz-se à volta.

E eu achei aquilo uma palermice sem tamanho, principalmente por vir de um gajo que não sabia da poda, e ainda por cima porque me pareceu sugerir que devia mandar a minha família a sério para o caralho para fazer uma nova com uma mulher que ainda não era carne minha. Para ele, a maior lei não era a família em que se nasce, honrar pai e mãe e outras merdas? Era casar, ter filhos, mandar foder o resto? E isto vindo de um padre?

Bastava que o gajo me dissesse o óbvio: que a Ema era pelo menos melhor do que a Idalete, até enquanto mulher de família. Não saía de casa até às tantas, não bebia vodca com sumo, não estava sempre na pista, sem querer saber e disponível. Admito que não era uma toura, mas também não era um aborto como a outra. Não usava aqueles decotes com trezentos quilos de mamas a abanar. Não obrigava um gajo a ir à missa.

De copo vazio, lá falou de novo:

— A missão de um homem é só amar uma mulher.

Para mim ficou claro que a paz entre pais e filhos não valia nada e que ele nem tinha noção de que um homem se mede pela impressão que a sua mulher deixa nos outros. Era calar, seguir, fingir, esperar que a sorte resolvesse as coisas.

E a vida resolveu-as. Meses depois, eu e a Ema fomos viver para uma casa muito mais pequena do que a dos meus pais, e logo aí houve um mal-estar. Um homem precisa de poder esticar as pernas à vontade. Também me chateava que o cozido dela não fosse como o da minha mãe, mas pelo menos ter mulher sempre me dava outro estatuto.

A varanda dava para um pequeno largo, para

onde davam todas as varandas, e toda a gente metia o focinho na vida de quem entrava e saía. Mesmo ao lado, havia um casal num primeiro andar. Não eram casados, mas parecia que a gaja lhe fodia os cornos desde sempre e ele já não a aguentava. Davam-me cabo da cabeça com os gritos, principalmente durante os jogos do Benfica. A Ema comentava sempre: "O Augusto é pior do que um camelo." Não era que ela não bebesse – pelo contrário, era a puta de uma esponja –, mas não gostava de ver o gajo a voltar dos tascos ainda a cheirar a bagaço e fodido com a bola, a vida, a gaja dele. De vez em quando, ouvíamos o vidro a partir e a mulher dele gritava "Pára, Gusto, pára", mas ele continuava a berrar com ela e a partir coisas como se depois não tivesse de as pagar. E ainda tinham o burro de um papagaio que grasnava "Louvado seja Cristo" sempre que alguém subia a voz.

ZÉ

Quando casei, a Marília veio morar para Vizela. Os vizinhos de baixo dos meus pais tinham saído dali meio ano antes, a casa não tinha sido arrendada a mais ninguém e ficámos ali por vinte contos por mês. Ela trabalhava num cabeleireiro em Guimarães, para onde ia de camioneta, e eu no talho ao lado de casa. Quando me via de bata, notava que se afastava por causa do cheiro a carne crua.

Só no casamento é que se entende que a vida em casal se faz de irritações pequenas: ela a demorar-se demasiado para sair, eu a esquecer-me de usar uma base para os copos; ela a deixar a toalha do banho na cómoda, eu a esquecer-me dos chinelos em cima do tapete. Ainda por cima, ao virar-se a dormir, parecia que levava a cama toda com ela. Agarrava-se aos lençóis como quem pega na última bolacha do pacote e fugia para o outro lado do colchão, e eu ali destapado e com frio a noite inteira. No dia seguinte, não se lembrava de nada, ou negava tudo, e quando me ouvia a tossir mandava-me agasalhar-me.

Todos os dias, eu refilava porque ela era a última a vir para a cama, mas não apagava a luz no interruptor. Ou então porque começava a falar das amigas e dos maridos das amigas e perdia-se no filme e depois não percebia nada e eu perdia mais cinco minutos a explicar o que se tinha passado e assim perdíamos mais duas cenas do filme e no final tínhamos ali estado noventa minutos na treta sem ver nada. E eu aí dizia-lhe "Mas vemos os filmes para quê? Para isso, mais vale assumirmos que é para ficarmos a falar" e ela ficava irritada e dizia que eu não queria ver filmes com ela. Ou então – lembro-me bem – bebia o leite directamente do pacote ou ficava de pijama até ao meio-dia ao fim-de-semana ou largava as pantufas à saída da banheira. A vida era assim na nossa casa e nada disto valia muito porque o resto é que contava.

Fora de casa, a vida como ela era. O povo queria ser concelho. Era bonito de se ver: por muito que houvesse violência, a paixão transformava-a em coragem. Estávamos em 1982 e Vizela lutava há séculos pela independência. Fôramos concelho pela primeira vez em 1361, mas uma carta régia mandara tudo ao chão. Em 1408, Vizela passou para a jurisdição de Guimarães e aquilo para nós era guerra a sério.

O que vale é que nesta terra somos teimosos como mulas. Deixámos passar os séculos, os reis morreram pelo meio, meteu-se uma República, sobrevivemos à ditadura e fomos todos ao ataque de uma vez. Entre 1960 e 1980, ainda tinham sido apresentadas meia dúzia de propostas de elevação da vila a sede de concelho, mas nenhuma resultou. Uma ditadura que não enchia a barriga ao povo não queria encher os olhos à justiça.

Quando chegou a democracia, lá se marchou em força para a Assembleia da República, mas o processo autonómico não deu em nada e o povo deu em doido. Quem espera quase seis séculos já não tem paciência para mais. Naquele ano, perdemos a cabeça e levantámos 1.800 metros de linha férrea à mão. Os comboios já não podiam passar para Guimarães, quem mandava naquilo éramos nós. No dia seguinte, pintámos um carro de recolha do lixo da Câmara de Guimarães nas nossas cores. Pôs-se a noite, chegou a manhã e ocupámos uma agência bancária e assaltámos o Posto de Turismo. O carro do Presidente de Guimarães também não ficou impune, já que alguns dos nossos o partiram. Em Vizela, ninguém teve pena dele. À entrada da vila que queria ser cidade, um cartaz proibia a entrada a políticos e vimaranenses e eu dizia a toda a gente que a Marília era de Fafe.

Três meses mais tarde, a CP* tentou recolocar a via férrea, mas concentrámo-nos ali, homens e mulheres, e impedimos a reparação da linha. O padeiro deu garrafas de uísque, o gajo da bomba abriu a gasolina e foi tudo ao molho lançar coquetéis molotov. Os funcionários da CP foram apedrejados, a GNR** meteu-se ao barulho e o dia acabou com vinte feridos graves, três dos quais da guarda, e trinta ligeiros. Os vizelenses, que foram assistidos no hospital de Guimaraes, voltaram à terra ostentando as cicatrizes como heróis de guerra.

A Ema, metida na multidão, acabou com uma crise anginosa, provocada por gás lacrimogéneo, e um braço partido. A emoção do dia foi tanta que, já vivendo juntos há anos, o Manel a pediu em casamento. Ela, no hospital, de mão no peito, disse que sim.

Ele voltou a pé para Vizela, doze quilómetros de noivado e luta e liberdade. Durante a noite, a vila

---
* Comboios de Portugal (N.E.)
** Guarda Nacional Republicana (N.E.)

tornou-se num campo de batalha. O dia chegou, o comércio encerrou, o povo marchou para Braga. A revolta fez-se ante o Governo Civil e eu e o Manel também fomos. À noite, eu voltei para a minha mulher, ele ficou à espera da dele sem ter ido ao hospital. Dias depois, as placas toponímicas com o brasão do inimigo foram retiradas das ruas de Vizela. A partir daí, fizemos a nossa vida enquanto povo, enquanto família também. Inventavam-se tradições, surgiam hinos, coleccionavam-se histórias. A vida ia para a frente. Durante muito tempo, este foi o noivado mais bonito do mundo.

MANEL

No fundo, a culpa disto foi da minha mãe. Eu e a Ema demos o passo para vivermos na mesma casa, mas ela é que insistiu em que assinássemos a merda do papel que nos ia condenar um ao outro a vida inteira. Sim, deixei-me levar pela adrenalina da luta pelo concelho, mas talvez não me tivesse lembrado de casar se não me tivessem feito a cabeça. Dispensava entrar de sapatos numa igreja e ser um tontinho no altar, mas já se sabe que faria de tudo para alegrar a minha mãe.

Lá meti a corda na garganta para ver se a sossegava. Até casar, estava sempre de trombas comigo por ser solteiro e viver com a Ema, e pelo meio chateava-se com ela, criticando-a a torto e a direito: "Esse casaco não te fica nada bem", "Prende o cabelo, assim como está tapa-te os olhos." Danada, atirou-lhe uma vez "Tu com essa saia até pareces solteira" e, quando voltámos para casa, eu até concordei e disse-lhe que tinha de se vestir melhor para a minha mãe. Como os pais dela já tinham batido a bota e o que lhe sobrava era uma irmã com cara de sapo e estúpida, esforçava-se para agradar à sogra.

Depois, a Ema armou-se em fina e começou a mandar dicas como quem não quer a coisa e como se eu fosse o lorpa que não sabia o que a gaja queria. Assim do nada, lá dizia "Olha que a tua mãe quer que nos casemos" e eu ria a fingir que achava graça e ela também ria a fingir que achava o mesmo, mas eu bem a via com os azeites por eu não dizer logo que sim.

Já o meu pai não dizia nada. Sentava-se a ler na poltrona ao lado da varanda e tirava a cara dos jornais para dizer "Este atrasado mental deste ministro" ou "É que não era fora de jogo nenhum" ou "Meteram outra mata a arder, há filhos da puta para tudo". A Ema, vá-se lá saber como, conseguia levar isto para "Acho que o teu pai também quer que nos casemos" a ver se o barro colava na parede, acrescentando um "E a tua mãe está sempre a mandar vir por não casarmos", como quem se queixa de um sofrimento do caralho. Ainda atirava um "Olha a alegria que lhes dávamos se casássemos", fingindo que alguém podia querer casar um filho com uma vassoura que cheira a detergente.

Enfim, cansei-me, cedi, fomos a isso. Pelo menos, já sabia ao que ia: era boa a limpar a casa, mas para acertar com a cabeça era um dia de juízo. Quando a Ema saiu do hospital, fomos dizer à minha mãe que lá íamos foder a vida e ela, finalmente, dispensou o rosário que tinha enrolado na mão e que nem para lavar a louça tirava. Em vez de contente, pareceu furiosa ao dizer "É que já estava na hora."

Meses depois, despachámos o assunto. Nesse dia, mandei a Ema levar um vestido decotado em V para parecer que tinha mamas. Já na altura era uma tábua de engomar, mas pelo menos não era uma vinha ao sol em forma de mulher. Podia ter tido uma franga, levei com aquele frasco.

Já na igreja, foram palavras do padre para trás e para diante, amar e respeitar para um lado, fidelidade eterna para o outro, e saímos de lá casados, na saúde e na doença, até que a morte nos separasse como enfim nos separou. Tranquilo da vida, sabia que ela não era gaja para pôr os chavelhos a ninguém. A minha mãe fez um lanche em casa, que se tornou em jantar com rissóis, bolinhos de bacalhau, leitão, um bolo de nata caseiro. Um festim para um homem condenado.

    Antes de eu levar para a casa a bicicleta, a minha tia, irmã da minha mãe, ainda disse à Ema "Fizeste bem. Os Buracas nunca batem nas mulheres", mas ela já tinha feito deslizar a aguardente e nem ouviu. Andava num sino a passar a aliança no dedo, bebeu nesse dia como não a tinha visto beber nunca, e ao fim da noite nem sim nem sopas.

Eu trabalhava numa fábrica, ela num banco. Depois do trabalho, ela fazia o jantar enquanto eu relaxava a ver televisão. Enquanto mulher, nunca me deu razões de queixa. Era boa na cozinha, a casa estava sempre um brinco e nunca tive falta de camisas passadas. E, de resto, ao jeito parolo que ela tinha, sei que também era minha amiga. Fazia pequenas coisas para me ver feliz, mas só reparei nisso depois de o Zé mo dizer. Por exemplo, dobrava-me bem as meias, mesmo que para mim bastasse que as enrolasse, e arrumava-as por cores e alinhadas quando para mim chegava que estivessem na gaveta. Nisso, admito que ela valia bem a pena.

Claro que um gajo se habitua e é fácil achar que o que se tem não vale um corno. Também seria impossível estar sempre a pesar as coisas, mas eu nem ligava muito quando um palerma qualquer do café aparecia todo encorrilhado ou pedia moelas porque a mulher não lhe tinha feito grande coisa para comer. Só achava estranho. Que raio de vida era aquela?

É muito mais fácil olhar para o que falta. Ver gente rica, querer ser rico. Brincar com os sobrinhos e querer que sejam filhos. Ver uma mulher boa e querê-la e achar que a vida com ela seria do caralho mesmo que ela nem soubesse assar um frango.

Aos domingos, íamos com o meu irmão e a minha cunhada ver o futebol. Se fosse em casa, íamos só os dois. Se fosse fora, a Ema preparava um piquenique para todos, a Marília levava uma salada e comíamos pelo caminho, vendo as vistas. De vez em quando, íamos a um restaurante, mas evitávamos por causa dos miúdos. O mais velho era um esquisito, a do meio não se aguentava quieta, o pequeno chorava e fazia birra e ficava nervoso com o barulho. E os dois contos passavam a quatro ou cinco.

Portanto, o normal era estender uma toalha no chão ou numa mesa de pedra à face da estrada, cheirando a pinho e a tubos de escape, mas quem quer saber do escape dos carros quando se está com a família? O Paulo nunca vinha connosco porque ia fazer o relato, o Bruno nunca teve o hábito, talvez por ter ido logo morar com a Idalete para Lustosa, onde a gaja herdou um terreno, o esqueleto de uma casa e alguns milhares de indemnização do bêbedo que lhe fodeu a vida ao pai na estrada. Morava lá, trabalhava lá, só o víamos se combinássemos, enquanto com o Zé e o Paulo era mais fácil. Metia um pé fora de casa e lá estavam eles. Eu, quando vinha da fábrica, via o Zé no talho. Ele, quando saía do talho, ainda passava na livraria para ler o jornal e lá ficávamos com o meu pai e o Paulo. Os meus sobrinhos da parte dele também estavam sempre lá metidos. Sempre era melhor do que estarem no talho a aspirar com o nariz o cheiro a frango cru.

Mas Vizela é Vizela, bola é bola, e claro que o Bruno não era urso e também ia ao estádio muitas vezes. Quando era em casa, quase sempre. Quando era fora, só de vez em quando, que a gaja tinha mão nele e ele deixava-a tê-la. Deus o livrasse de ser um irmão como os outros nessa altura. Começou a preferir sair com os cunhados, um grupo de bêbedos que emborcavam famílias de bagaços e que nem deviam saber o que era um livro. Eu não me queixava porque tinha mais que fazer à vida do que aturar a Idalete, que tinha parido outra vez e parecia um porta-aviões. Estava cada vez mais grossa e sempre a gritar com os filhos.

    A do Zé era outra coisa. Nós metíamo-nos com ele por ter ido arranjar uma a Guimarães, porque qualquer gajo normal tinha de defender Vizela, mas claro que era melhor do que as outras duas. E as gajas bem o viam. A Ema tinha noção e nem abria o bico. Aliás, nem eu deixaria, mas a Idalete batia mal da cabeça e metia o focinho estúpido em coisas estúpidas e ladrava que o loiro da Marília era artificial, como se fosse um crime que uma mulher se penteasse em vez de ter o ar de bisonte que ela tinha.

    Marília. Ainda hoje, a pena que me faz que a tenhamos perdido tão cedo. Mulher como aquela não havia, cunhada também não. Estava sempre atenta, tinha sempre uma palavra amiga. Tinha interesse em mim, perguntava-me pelo dia na fábrica, falava mais comigo do que com o Bruno ou com o Paulo, sorria-me, mas depois o meu irmão chegava e ela já só tinha olhos para ele. Toda a gente sempre preferiu o Zé, ele e o Paulo eram os melhores de nós os quatro. A vida dele parecia sempre fácil, o sorriso era sempre rápido, o cabelo fino voava no inverno como as orelhas de um cão feliz com a vida. Em casa, parecia estar sempre em paz com tudo. Eu só não tinha inveja porque ele era meu irmão.

    A Marília não era mulher de ir para a cozinha, mas a minha sabia fazer tudo e gostava. O meu irmão ainda dizia "Lá em casa, fazemos mais para despachar." Eu até achava graça a que se metesse nas merdas dela, mas estava mais confortável com o meu polvinho assado.

    Nem os rissóis faziam em casa, pareciam um casal com refeições de homens solteiros. Ela dizia que isso lhe poupava tempo. Eu sempre julguei que uma mulher não quisesse o tempo para nada, que gostasse de amassar farinha e água como a minha mãe gostava. Não sei o que fazia em vez de cozinhar enquanto ele via televisão.

    Durante os jogos do Vizela, as mulheres iam dar uma volta. A Marília não gostava de futebol e a Ema até gostava, mas percebia que o ambiente do estádio não era bom para uma mulher. Às vezes, a minha mãe também ia. O meu pai ia à bola connosco e ela ficava no carro com uma termos de chá e meio cacete com manteiga. Tentava convencer a minha sobrinha a lá ficar, mas nunca tinha sorte. Ela gostava tanto da bola como nós.

    Nos primeiros anos, os dias eram dias e mais nada. Não havia dramas, ninguém fodia os cornos a ninguém. A vida era calma, comíamos assado uma vez por semana, passávamos muito tempo a ver a bola. Vivíamos bem.

ZÉ

Parámos nas Taipas a caminho de Braga. O Vizela ia jogar, nós fazíamos o de sempre. Íamos com o Manel e a Ema ver a bola, mas eu percebia que a Marília já estava a ficar farta. Detestava acordar cedo, ainda por cima a um domingo. Os putos já se safavam quando estavam acordados, subiam as escadas e iam ter com os meus pais. Nós os dois metíamos o despertador para as dez e meia, depois era fazer uma salada à pressa e apanhar o Manel com a carrinha.

Incrível. Chegámos lá antes do meio-dia e o meu irmão já tinha conseguido a proeza de se ter posto a cheirar a aguardente. Estacionei o carro e apitei e ele deve ter demorado uns dez minutos até se meter lá dentro. Os miúdos aborreciam-se mais quando o carro estava parado e só por isso já era começar com o pé esquerdo. Não bastasse e ainda disse "A Ema nunca mais andava", quando ela ficou de pé ao lado do carro à espera dele. Ela fingiu que era uma piada e riu-se.

De Vizela às Taipas, são quarenta minutos de distância. Pelo caminho, meti uma cassete do Zeca Afonso. "É muito triste, muito triste", disse a Ema. "Não tens do José Malhoa? Assim vamos mais contentes." Não tinha. Disse que não como uma pessoa normal, mas o meu irmão meteu logo as garras: "Não o chateies, mulher, a carrinha é dele."

Quando chegámos às Taipas, estacionámos, a Ema e a Marília pegaram nos sacos com a comida e eu fiquei a tirar os miúdos do carro e a pôr o Dimas na cadeira. Ainda era pequeno e era mais fácil de controlar do que os outros dois, que precisavam de seis olhos em cima para não fugirem para a estrada. O meu irmão não fez nada de nada. O costume era andar por lá à espera de que os outros fizessem tudo por ele.

Era outono e a coisa melhor da vida, para além da ideia de ganhar ao Braga em casa deles, era assar castanhas na berma da estrada com os filhos e a mulher, mas, por acaso, foi a Ema que as pôs a assar para a sobremesa. Enquanto a Marília preparava os pratos para a salada, o Manel aproximou-se dela, já depois de ter enchido um copo de vinho.

Em jeito de conversa, a Marília perguntou-lhe como é que tinha corrido a semana e o meu irmão entregou-lhe de bandeja um monólogo pastoso. Contou a história, voltou atrás e recontou. Ela orientou-o com um "Pois, pois", arrependida de ter aberto a boca, mas já não havia volta a dar. Quando o Manel se distraiu, eu ainda lhe disse um "Não lhe dês corda", mas não era que ela a desse, ele é que a puxava, e durante o almoço ainda bebeu mais vinho e mais cerveja, e se não insistisse para um cheirinho já ia ser uma festa.

Enquanto o aturava, chamei-a para a livrar e ela ainda revirou os olhos. A educação fora paga com falta de noção e eu bem via como aquilo a chateava. A Ema, entretanto, desembrulhava um tacho metido em panos, ainda a fumegar. Feliz da vida, anunciou: "Arroz com sardinhas!"

Durante meia hora, o meu irmão queixou-se de tudo. Havia demasiados carros, demasiadas formigas, demasiado sol, e isto apesar de estarmos à sombra. E as sardinhas tinham demasiadas espinhas. A coisa começou a subir a pique:

— Fazes estas merdas com peixe e a minha cunhada é que tem de andar a tirar espinhas para os miúdos.

— Ó Manel, não faz mal, é mesmo assim — dizia a Marília, quase inocente, a achar que uma frase sensata podia ter efeito.

— O caralho é que não faz. Num dia de domingo, ainda ter de estar nesta merda? — Voltava-se de novo para a Ema. — Tu não vês que eles são pequenos?

E eu, enquanto ajudava o Pedro com a sardinha:

— Não tem mal nenhum, eles também comem peixe em casa.

E foi pior a emenda.

— Caralho. Em dia de festa, dia de jogo, e dás-lhes o que já comem todos os dias. E nem um docinho trouxeste.

Ela tentou defender-se.

— Ninguém me pediu doce.

Mas nem fazia sentido que se defendesse.

— Nem era preciso ter pedido.

Aliás, nem era suposto que se defendesse.

E o Manel voltava à carga:

— Custava-te alguma coisa teres feito a merda de um pudim?

— Não me custava nada, nadinha. Se soubesse que queriam pudim, claro que teria feito pudim.

E a Marília em auxílio, sem perceber como é que aos domingos a conversa dava sempre nisto:

— Deixa lá, Ema. Ainda bem que não trouxeste. Adoro pudim, nunca resisto, e depois os ovos caem-me mal e fico mal disposta.

Durante uns segundos, o silêncio ganhou, não se fez guerra. Depois, ganhou o álcool:

— Ouviste, caralho? A minha cunhada adora pudim. Não podias ter feito a merda de um pudim? — E então gritava. — Não podias ter feito a merda de um pudim?

E de repente já estava desvairado. Levantou-se da mesa, gritando a sós "Caralho para esta merda", levando o copo de vinho com ele e acendendo um cigarro enquanto andava feito touro enraivecido em face à estrada, berrando "a merda de um pudim". Nem reparou no que deixou para trás: o Pedro estava espantado, a miúda agarrara-se às pernas da mãe, o pequeno chorava ao ouvir gritos. A Ema estava humilhada, a Marília constrangida, e a culpa era minha por tê-las arrastado para aquilo a um domingo.

Nada ali tinha sentido. Ele gritava com ela só porque lhe apetecia. Criticava tudo, tudo, pegava onde podia. Era o cabelo, a roupa, a comida. Irritava-se com tudo o que dizia, mas também se irritava quando ela estava calada. Na cabeça dele, ela estava sempre errada e ele nascera certo. Não se dava ao trabalho de entender que tê-la escolhido também dizia muito sobre si.

Com ele fora da mesa, a Marília ainda disse, meio a brincar, meio a safar:

— Só vale mesmo a pena acordar ao domingo por causa do teu almoço.

E ela, meio em surdina:

— E as sardinhas nem estão más, pois não?

Não estavam. O arroz com sardinhas estava óptimo, a salada de pimentos que ela fizera era muito melhor do que aquela alface mirrada que eu e a Marília tínhamos levado, esquecendo o vinagre, mas parecia que dizer mal da Ema era a maneira de ser dele.

Durante minutos, comemos todos, ignorámos o meu irmão, que voltou quando já tínhamos terminado, castanhas incluídas. Enquanto os três adultos arrumavam os pratos e o tacho, ele resolveu fazer de bêbedo. Pôs-se a dizer à Marília "Gosto tanto dos teus filhos" e agarrou os putos e beijou-os e deixou-os cheios de baba sem perceber sequer que eles não gostavam. O Dimas não tinha parado de chorar e os outros dois ficavam irritados sempre que os picos de barba lhes tocavam.

Ainda por cima, aquela encenação de amor era um descalabro de desespero. Primeiro a raiva, depois aquilo a fingir que era redenção. Parecia que o Manel a culpava por não lhe dar a vida que ele queria. Não conseguiram ter filhos, gastaram dinheiro em médicos, perderam tempo, a culpa era dele, mas descarregava nela e dava um amor de mel aos outros. Com ela, nunca havia um gesto de carinho.

Não saímos dali antes de o meu irmão ter prometido gelados aos miúdos, que ficaram todos contentes sem terem como perceber que ele não tinha gelados nenhuns e que, quando chegasse a um café, já nem se ia lembrar, e depois do jogo muito menos. Com ele, tudo era folclore, os outros que se arranjassem.

Perdemos 2-0 no estádio, eu saí irritado, ele furioso, e, quando chegámos a Vizela, vi os miúdos tristes sem dizerem porquê e fui às Barracas comprar Magnun.

Foi constrangedor. O Freitas nem teve a decência de desviar os olhos quando me disse:
— Ele está sempre bêbedo ao serviço, Zé.
Eu sabia que o meu irmão bebia, claro, mas não podia meter na cabeça que enfardasse bagaço no trabalho. Nessa altura, o Manel era apenas um tipo que gostava do seu copo, que perdia a mão de vez em quando, como podia acontecer a qualquer um.
— Vai almoçar a casa e já vem aos ésses. E leva todos os dias vinho numa garrafa térmica. Acha que eu sou idiota e diz que são vitaminas.
Ainda fui a medo:
— Devem ser mesmo vitaminas. Ele come pouco peixe.
O Freitas suspirou e eu devia ter sentido vontade de lhe espetar um soco, mas só tive vergonha pelo meu irmão. Quando alguém fazia asneiras, era o nome da família que ficava em causa, falhávamos em grupo. O Freitas, ainda assim, teve a elegância de não insistir, talvez por ter noção de que o castigo não devia ser nosso.
Tínhamo-nos encontrado por acaso no café, era lá que íamos sempre ver o jogo. E eu estive prestes a perguntar-lhe "Mas faz bem o trabalho?", mas preferi esconder-me atrás de um pires de amendoins. As duas mulheres iam falando com outras, nem para a televisão olhavam. A miúda deles e a nossa estavam para lá a brincar, o Dimas estava a pintar um livro e a mesa, o Pedro andava por lá a correr com outros putos. Quase defendi o meu irmão, só para cumprir o meu papel, e talvez porque no fundo ainda tudo me parecia improvável. Calei-me mesmo

antes de o Manel chegar. A sós defendia-o, mas não podia fazer milagres quando ele nem se erguia sozinho. Cheirava a adega. Eu nem percebia como é que ele ganhava para o vinho.

    Nem sei contra quem jogámos. Sei que o Manel andava sempre atrás do Freitas. Os homens viam o jogo de pé, em frente ao balcão, as mulheres estavam nas mesas sentadas umas com as outras, e o Manel metia-se atrás dele a comentar tudo o que dizia. Parecia que não aguentava ver-me com ele, que não aguentava a ideia de ele ser patrão, e inventava que eram amigos para se armar. E o Freitas nem tinha grandes manias, nunca foi do tipo de tratar mal os empregados. Não era uma pessoa como nós, votava sabe Deus em quem, tinha a vida fácil de quem nunca teve os bolsos vazios, mas estava longe de ser crápula. Teve mais sorte na vida e o Manel achava que ele devia deitar a sorte ao lixo.

    O meu irmão nunca soube adaptar-se ao que a vida tem. Quis sempre mais, exigiu mais, nunca deu nada. Passou a vida acelerado, julgando que vinha uma coisa em grande, que se vingaria da coisa pouca que foi nascer e crescer pobre neste sítio. E há alturas da vida em que um homem se mete num casamento como quem pega numa tábua de salvação cheia de chumbo. O Manel namorou pouco, casou por estar na idade, e acedeu à vida triste, à casa triste.

    Nunca apreciou as coisas normais da vida: estar em casa tranquilo, não exigir nada à Ema, não achar que casou com a empregada. Não quis sequer que ela se adaptasse à vida dele. Quis que estivesse sempre disponível para qualquer capricho, e mesmo quando estava ele exigia mais. Mesmo quando fazia mais do que o que ele queria, embirrava. Se quisesse um pudim e ela fizesse dois, reclamava porque deviam ter sido três. Exigia esforço e esforço e pontos, mas nunca se deu ao trabalho de sequer pensar que devia dar alguma coisa em troca.

Depois do jogo, foi cada um para seu lado. Já passava das onze quando o Manel me apareceu em casa, bêbedo como um cacho, com gelados para os miúdos. Pôs-se à porta a falar alto.

— Então, Zé? Chama os meninos. Vamos comer.

Eu respondi "Já estão a dormir, Manel." Parecia que o meu irmão tinha mergulhado num barril.

— Estão a dormir? Tão cedo? Chama-os lá. Trouxe gelados.

E, ao dizer isto, agitava Calippos. Eram onze da noite, no dia seguinte havia escola. O meu irmão insistia sem perceber que era inconveniente, que eu não o queria ali, que não se acorda uma criança, mas fez tanto barulho que acordou duas das três. Só o Dimas dormia, o Pedro e a Rita vieram a esfregar os olhos. A Marília, assim que os ouviu, levantou-se também, com um roupão em cima do pijama.

— Já é tão tarde, Manel. Eles têm de ir para a escola amanhã.

O meu irmão fazia a festa, indiferente a que ninguém quisesse festejar. Abria os olhos para nós, mas parecia que não via. Sorria e ria a sós, num espectáculo que era apenas dele, numa alegria que não era aplacada pela indiferença alheia.

— Para a escola? E nem vão comer um geladinho?

Aliciava-os como um tio amável, mas aquilo era quase pérfido. Não deviam ter acordado nem deviam comer gelados, mas criança nenhuma ia dizer que não, e assim que viram o que era acordaram de vez para a aventura. E eu cedi, embora não devesse ter cedido, e não consegui meter o raio dos gelados no congelador e despachar o meu irmão. Um bêbedo é uma coisa muito difícil de vencer, e quanto mais depressa o mandasse embora mais depressa os meninos voltariam a dormir. Deixei-os comer um gelado cada um enquanto sentia que fazia mal aos meus filhos, que cedia ao meu irmão por não saber contrariá-lo. Quando acabaram os Calippos, o meu irmão continuou a insistir e os dois perceberam que ele queria que comessem dois ou três, já me faziam súplicas com os olhos para que eu despachasse o tio. Não consegui tirá-lo de lá antes de a Rita adormecer ao colo da Marília, que bocejou a cena inteira.

MANEL

A vida não foi nada de jeito. Durante muito tempo, vivi na ilusão de que aqueles quatro miúdos a jogar à bola seriam sempre miúdos, seriam sempre quatro, jogariam sempre à bola. Passei muitos anos da vida a foder-me todo pelo Paulo, pelo Zé. Pelo Bruno também, se precisasse.

Fomos sempre normais, nenhum de nós sonhou ser rico. Sabíamos que a nossa mãe tinha passado fome, feito quilómetros pelos irmãos, aprendido a ler quando já nós tínhamos saído da escola. Foi o Zé que a ajudou. Ela nunca se esqueceu do que era a fome e até nós soubemos o que era ter o umbigo colado às costas. Tudo se foi compondo, mas durante muitos anos nem sabíamos se o arroz ia sobrar até ao fim do mês. Da vida, queríamos era um emprego que pagasse as contas e nos deixasse beber um copo de vez em quando, ir às Barracas buscar um frango assado e comê-lo com batatas fritas em frente à televisão enquanto víamos um jogo do Benfica.

Nunca aguentei a palermice de se achar que trabalhar é uma alegria. Acordar quando ainda é de noite, meter um café pela goela, comer um pão ressesso com manteiga a caminho da fábrica, sentir o frio a arrepiar pelo nariz, entrar lá antes do patrão e estourar as mãos antes de o ver chegar. Não percebo por que caralho é que um gajo há-de fingir que gosta de se desunhar em vez de andar na boa-vida.

Eu sempre fui mais fino do que os outros e sempre soube que a vida é a merda que é, que existem filhos da puta e existimos nós e que para o patrãozão somos empregadinhos de merda e mais nada.

Portanto, sim, ter de abaixar os cornos a um larilas de quem me ria com os amigos fodia-me a cabeça. Com 35 anos feitos, o Freitas não tinha ponta de barba e usava camisinhas de marca, tipo Massimo Dutti ou outra merda qualquer, armado em gaja. Ainda por cima, falava mesmo à maricas: "Ora faça favor de dar ali um toque ao canto", "Ora obrigadíssimo, meu caro", "Assim começa mais um dia, bom amigo." Bom amigo e íssimo e faça favor a puta que o pariu. Metia uma gravata na língua e eu queria era puxar-lhe a do pescoço a ver se o cabrão continuava a cantar.

Devia ser ele a vestir a saia em casa, que a mulher dele tinha a mania de que mandava nos outros. Desfilava em vestidos, mudava de cor e penteado semana sim, semana não. Dizia-se que já tinha feito plásticas e eu só lhe meteria a espada se a gaja pedisse muito e me desse o fim das costas. Tudo nela era a fingir, parecia um peru enfeitado. Andava pela praça armada em estrela de cinema, com chapéus redondos do tamanho de elefantes, e parava todos os dias na Fina para pedir um chá em que nem metia açúcar e uma torrada sem manteiga. Também se achava melhor do que as outras por ter mais dinheiro do que elas, sem perceber que as mulheres que regulam da cabeça põem manteiga nas torradas. Devia ser *lady* na mesa e boa a abrir as pernas, mas o homem tinha ar de andar com o prego enferrujado.

O meu irmão parava com ele no café. A Marília, durante o dia, cortava o cabelo à outra, pintava-o, esticava-o, sei lá que mais. Pior, ainda ia fazê-lo à casa dela para a finória não se incomodar. Irritava-me tanto vê-las quando se cruzavam no Casino.
— Então, Marília? Estás boa?
— Estou, dona Dulce. E você como é que vai?
Tinham as duas a mesma idade, mas uma pagava, a outra recebia, e a gaja achava que devíamos andar todos a lamber o chão atrás dela. Com o Zé, não era esta pouca-vergonha, porque homens a ver a bola são todos iguais.
— Ó Zé, este João Pinto é um gajo do caralho.
— Deita-se muito, Freitas. Deita-se muito — respondia o meu irmão ao ver o avançado escorregar nas pernas de um defesa.
E eu tentava entrar na conversa e não podia.
— Os defesas não o largam um segundo.
Parecia que, mal eu falava, a conversa morria e já só havia futebol. Mal eu entrava, ninguém discutia a bola. Eu não era o irmão do Zé, era o empregado do Freitas. E depois ia para casa fodido com o meu irmão, a achar que não sabia ser irmão e que se esquecia de que antes de haver Freitas e trabalho ou o caralho já eu era irmão dele.
Andei a remoer isto depois de um Benfica-Porto em que eles desesperaram um com o outro e não me deixaram desesperar também. Fiquei mais do que fodido. O irmão era eu, não o cabrão. Era suposto vermos o jogo juntos e o outro, com sorte, que se juntasse por favor.
Nada, fiz de burro. O meu irmão fingia que eu

era um conhecido como os outros, mas para quê, se toda a gente sabia que éramos carne da mesma carne, filhos da mesma mãe — irmãos, caralho?

Uns dias depois, cruzámo-nos na casa da minha mãe e nem tive de dar muitas voltas para chegar aonde queria.

— Estás com má cara — disse-me ele.

Eu mal tinha dormido. Tínhamos uma infiltração no quarto e a mancha de humidade na parede, por muito que a Ema a esfregasse com anti-fúngico ou lixívia ou lá que merda era, não saía e deixava-me a tossir a noite inteira. Volta e meia, ia para a sala, mas dormir no sofá era ainda pior do que dormir sem respirar. Andava todo fodido porque a gaja não resolvia o problema.

— Estou muito cansado. O filho da puta do Freitas faz de nós gato-sapato.

E o Zé calado, caladinho para defender o amiguinho.

Insisti:

— Explora-nos a torto e a direito, mal nos paga.

Nada.

— É um cabrão de todo o tamanho, só pensa em encher os bolsos.

O Zé deixou de se fingir de surdo, e de repente ficou sério. Como se eu estivesse a mentir ou ele gostasse mais do outro. Que caralho interessava o caralho do Freitas?

— Não digas isso. É um bom homem.

Dei uma baforada, impaciente.

— Conheces o homem, então. Do patrão não sabes nada.

E virei-lhe logo as costas, deixei-o sozinho a fumar na varanda, entrei porque não tinha paciência para aquela merda, e a minha mãe começou logo a mandar vir:

— Nada disso, nem pensar. Já lá para fora. Aqui dentro não se fuma.

Fui de novo à varanda e notei que o Zé ia dizer qualquer coisa, mas só apaguei o cigarro numa planta e pus-me a andar. Deixá-lo a sentir-se mal era o castigo por ser mau irmão.

Encontrei a mulher do Freitas no supermercado. Disse bom dia sem sequer olhar para mim. Escolheu um vinho, nem viu se estava em promoção. Continuou na vida dela, tão apanhada da cabeça que usava roupa de domingo a um dia de semana.

Procurei nos bolsos, mas só tinha uma moeda de cem paus, outra de vinte. Sem dinheiro para o tabaco, peguei só num isqueiro e fui pagá-lo. Enquanto a gaja metia as coisas em sacos, ainda se queixava da vida em geral:

— E estamos sem televisão no quarto, até mandei lá um rapazito repará-la, mas só pode amanhã. Agora ficamos a ver a novela na sala até à hora de dormir. Já viu?

Sempre armada em esperta, com aquele pescoço esgrouviado, sempre a merecer duas lostras no focinho. O povo esgadanhava-se e ela com duas televisões só para dizer que tinha dinheiro para mais uma.

Com mãos de quem ia à manicure, metia tudo nos sacos, incluindo três maços de tabaco, a grande estúpida. Passava os dias no café, a Ema a esfregar o chão. E ainda tinha a lata de comentar, quando via um pobre, "Veja lá se não gasta tudo", como quem diz "Não queiras ser quem não és."

Quis mandá-la abaixo, disse:

— Vai fumar isso tudo, dona Dulce?

E ela, sem olhar para mim, respondeu:

— Talvez.

Como me meteu nojo, dei-lhe gás:

— Olhe que depois sabe a cinzeiro e o Freitas queixa-se na fábrica.

Voltou-se para trás, toda quilhada, e eu soube

que lhe tinha ido ao coiro, mas a puta armou-se em fina. Disse, a ver se me fodia:
— Esteja calado.
E, já com os sacos na mão, virou-me as costas. Enquanto eu pagava o isqueiro, comentei com a Madalena do supermercado:
— Que sensível, não é?
E ela:
— Sabes como são.
Eles e nós. Os pretos, que trabalhavam na fábrica ou na loja, e os fidalguinhos que gostavam de meter e atarraxar para nos mandarem à cara que a vida era só coçá-los.

Cheguei a casa quase à hora de comer. A Ema aqueceu a água no microondas para poupar no gás quando estivesse a fazer o arroz e irritou-me pela vida de coisa pouca que levávamos. Não era preciso tanto, não éramos assim tão pobres, mas gente estúpida como ela habituava-se à miséria, nunca conseguia pensar que cem paus não iam fazer falta. Nunca deixava de achar que era tudo contadinho.

Oito horas por dia cinco dias por semana para aquela merda. Sair de casa na noite do inverno para isto. O briol que apanhei, o que me cansei naquela fábrica, e não adiantava um grosso. Era sempre para estar à justa, e parecia que o trabalho servia para um gajo se entreter. Os meus irmãos acusavam-me de não ter gosto naquilo, mas quem caralho pode gostar de dobrar panos quatro horas por dia, sair para ir almoçar a casa, voltar para mais quatro horas da mesma merda? Eu trabalhava para ter um salário ao fim do mês. Um gajo quer é alapar, ver a bola, beber um uísque, comprar uma camisa, passar o Natal com a família em amena cavaqueira.

    E o que mais me fodia os cornos era ver que outros eram indiferentes à vida, que era tudo tão fácil, que não tinham de fazer contas ao gás. Poucas coisas me irritavam mais do que ver uma gaja no supermercado sem olhar para as etiquetas enquanto eu ia de cavalo para jumento. Ou de ser casado com uma lorpa a quem tinham dito no banco "Ai, saia-me lá da frente, desgraçada" e que não abriu o bico porque achou que ainda a mandavam para a rua.

    A Ema pôs a mesa. Quando vi que a garrafa vinha com uma etiqueta de promoção, pareceu que vi o diabo à solta:

— Tens um emprego de merda, nem um vinho sem desconto pagas.

Vi que armou o burro. A seguir, armou-se em carapau de corrida, e teve o descaramento de me subir a voz.

— Ai não? Vai ver o azeite, vai ver se estava em promoção. E é Galo, do bom. Dei oitocentos e tal paus por ele.

Irritou-me logo que esbanjasse, que não tivesse noção da vida, que se gabasse de andar ao desbarato.

— Achas que somos ricos, mulher? Mato-me na fábrica para esta merda?

— Mata-te onde quiseres, mas nesta cozinha mando eu.

Levantei-me. Parecia maluca da cabeça. Não entendia que, se era minha mulher, eu é que mandava nela e eu é que mandava em casa.

— Não me ergas a voz, mulher.
Não me olhou nos olhos, franziu o sobrolho e ainda teve a lata de fazer um deixa-para-lá com a mão. Acharia que estava a falar com um otário?
— Tem juízo, homem. Já estás com a pinga, é o que é.
— Não me ergas a voz, caralho. — Aqui, ergui-a eu. Levantei-me, andei até à porta, voltei para trás. Sentei-me outra vez. — Não me ergas a puta da voz.
E ela calou-se, ainda sem olhar para mim. Ficou parada um bocado e então começou a servir-se de salada de tomate, de arroz e de sardinhas.
— Não me serves primeiro, estúpida?
Era uma questão de educação, caralho.
Com os olhos metidos no arroz, a gaja disse:
— Tens mãozinhas.
Puta que a pariu. Berrei-lhe logo:
— Foda-se para esta merda. Foda-se para esta merda.
Peguei na salada e atirei-a contra a parede. Porque é que ela me irritava sempre tanto, porque é que dificultava tanto as coisas?
— Foda-se para esta puta desta merda.
Peguei no vinho e atirei-o também contra a parede. Dava-me gosto ver aquilo a estalar, mas não chegava para amochar. Quis ir-lhe às fuças.
Sentei-me outra vez e comecei a comer as sardinhas com arroz, que nem estavam grande coisa. Pelo menos o azeite era do bom, mas, foda-se, oitocentos paus eram horas de trabalho.
Ela ficou calada, mal comeu e no fim disse:
— Assustaste-me.

— Por quê?
— Não percebi o que ias fazer.
Nem eu.

ZÉ

Mas nem era ele que pagava. O meu irmão fingia que era chefe de família, mas nunca foi capaz de tomar conta da casa. Acho que nunca reparou que a conta da luz chegava lá, que havia um envelope com a renda que era dado ao senhorio. Vivia com o salário dele, a Ema vivia com o dela, e com esse tinha de erguer a casa: renda, água, luz, gás, supermercado, produtos de limpeza, pregos. E ele de vez em quando ainda lhe exigia trocos para ir ao café estourar em bagaço, e irritava-se se ela não os tivesse, acusando-a de andar a gastar à toa. Ia aos armários da cozinha e implicava com tudo aquilo de que não gostava, e ai dela se tivesse bolachas sem pepitas. Fora as contas, a Ema ficava com pouco e tinha de se governar, e ainda tinha de comprar vinho para ele.
    Como o meu irmão lhe começou a ir buscar o dinheiro à carteira, ela cansou-se e fez queixa à minha mãe, que já não podia com o que ele andava a fazer. Eu bem a via a olhar para a Ema como quem pede desculpa. E ela, mesmo sendo estúpida, parecia entender o pacto. Dessa vez, vi-a constrangida, talvez por achar que eu fosse dizer alguma coisa ao meu irmão. Mas, mais do que preocupada, senti-a farta.
    — Ele não pára de me dar cabo da cabeça.
    Olhou para a minha mãe num desabafo, parou a olhar para mim. E a voz da sogra:
    — O que é que ele fez agora?

A Ema continuou calada.

— Vá, caralho, conta lá.

E aquilo foi uma torneira a jorrar por ali abaixo.

— Dá-me cabo do dinheiro todo. Gasta tudo no café, eu é que me amanho com a casa toda, e depois ainda refila, e refila por tudo e por nada: é porque o azeite é caro, é porque o vinho é barato, é pela puta que o pariu. Nunca contribui para a casa e vem-me à carteira tirar o que há, e o problema é que depois eu tenho a renda para pagar, e já me atrasei no mês passado e tive de pedir desculpa ao Alcino e a culpa nem é a minha.

Justificava-se, mas não tinha de se justificar. Ele é que fazia asneiras. A ideia foi da minha mãe.

— Deixa aqui o dinheiro e vens cá quando quiseres.

— Nem pensar, não lhe vou estar sempre a foder a cabeça para me vir abrir a porta.

— Não fodes cabeça nenhuma. Guarda-o numa gaveta e vens cá.

— Mas assim tenho de lhe estar sempre a tocar à campainha.

— E eu sou alguma velha que não pode abrir a porta? - Pausa, e lume: — Puta que o pariu. Parece aleijadinho da cabeça.

Claro que aquilo deu para o torto. Parecia que a cabeça do meu irmão já era tortuosa, tinha tendência para a asneira. Logo no dia seguinte, ela queixou-se à minha mãe de que o Manel tinha saído aos berros ao ver-lhe a carteira vazia, acusando-a de não saber gerir a casa, dizendo que viviam com tudo contado por causa dela. Não sei se foi verdade. Por vezes, também me parecia que havia na Ema uma certa tendência para ser vítima, que gostava de se alimentar do drama, e parecia julgar que a minha mãe era mãe dela e não do meu irmão.

No sábado, estávamos todos lá em casa. Para nós, era fácil, só tínhamos de subir as escadas. Era de tarde, os putos andavam a brincar na rua, nós comíamos amendoins na mesa da sala, a Marília lia na poltrona. A Ema, se bem me lembro, andava metida nos tremoços. Não havia nada a dizer, seria um dia como os outros, mas o Manel tinha qualquer coisa dentro que precisava de destilar quando a Ema estava perto.

Do nada, pôs-se a fixá-la enquanto decidia com que é que ia embirrar. Puxou-lhe o braço e disse "Estás gorda, mulher", mas aquilo era um pau de virar tripas. Era pele em cima de osso. Pele em cima de osso. Ele agarrava-a com a ponta dos dedos porque não havia nada para agarrar, e pareceu-me que tinha gosto em apertar com força para a magoar, mas na altura nem o pensei assim porque ainda era tudo inconcebível, apesar de já estar a acontecer à nossa frente.

A minha mãe disse-lhe logo "Está calado!", eu e a Ema também ficámos calados porque não era preciso alimentar a estupidez e a Marília nem levantou os olhos do livro. O silêncio foi humilhante e ele deve ter-se sentido humilhado, já que, passado um bocado, mudou de estratégia.

— Pareces uma tábua de brunir.

Caraças. Se gorda não pegasse, chamava-lhe magra. Mais uma vez, aquilo foi tão ridículo que nem lhe respondemos. Achávamos que ignorá-lo era o melhor remédio. Podia ser que, sem resposta, se cansasse.

    Mas nem por isso. Nem cinco minutos depois, já se virava para a Marília, que lia para não ter de o aturar, e porque sabia que, quando entrava em cena, sobrava para a Ema. O Manel adorava compará-las para dizer mal da mulher dele. Parecia que vivia numa aldeia, que achava que uma mulher só servia para varrer, e que as mulheres dos outros é que eram. Lá estava ela sossegada, a folhear Harold Robbins, e o meu irmão estalou a meio de uma conversa, que nem sequer era sobre isso:

    — E tu nunca lês um livro.

    É verdade, nunca lia, e depois? Ele também não. E eu nem quis imaginar o pé de vento que armaria se a Ema lesse livros daqueles e ele soubesse o que diziam.

    A minha mãe exasperou-se. Aliás, durante anos, pareceu não ter tido um minuto de paciência. Mal ele tentava abrir as asas, ela cortava-as. O galo emproava a crista, ela cortava a cabeça ao galo. Nunca foi cúmplice da pouca-vergonha do filho. Disse-lhe:

    - Estás bêbedo como o costume e eu não estou para te aturar.

    O estúpido foi o quão confuso ele pareceu.

    — Bêbedo, eu?

    — Sim, bêbedo. Tu.

    — Não estou nada bêbedo, ela é que está.

    Apontou para a Ema, que claro que não estava.

    — Vê se te calas um bocado até a pinga te passar.

    O ar ofendido do meu irmão não tinha ponta de teatro. Levantou-se por causa do ultraje e foi amuar para a varanda, onde ficou a fumar cigarro atrás de cigarro a ver se alguém ia atrás dele, mas ninguém foi. A Marília foi a primeira a sair, os miúdos continuavam a brincar lá fora, a Ema e a minha mãe foram para a outra varanda, que ficava na outra ponta da casa, eu fiquei a ler o jornal e fui embora, vendo ainda a silhueta do meu irmão contra o sol de fim de primavera.

Por um lado, queria ajudá-lo, perceber em que é que a vida lhe falhara para ele falhar agora como homem. Por outro, quando ele se transformava nisto, parecia que deixava de ser o meu irmão. E, mesmo assim, dos três, eu ainda era o que o tentava perceber melhor. O Bruno estava lá na vida dele, mas irritava-se quando sabia destas coisas. O Paulo sentia um nojo tal que já há muito o evitava. Até era triste ver que o Manel não percebia o fosso. Para ele, o Paulo era ainda o irmão mais novo, não concebia ser menos do que o irmão mais velho, mas eu já ali sentia uma raiva misturada com vergonha, um desfasamento tal que nem o passado em comum servia para alguma coisa.

Beber, bebíamos todos, mas era escusado que algum de nós se tornasse apenas num homem que bebia. A vida tinha de existir para além do vinho. Nós tínhamos de ser gente apesar do álcool. Bêbedos ou sóbrios, a vida seguia e impunha-se com contas para pagar, filhos para criar, mães para cuidar. E, se corresse mal, mulheres para enterrar. O Manel achava-se muito homem por beber tanto e tão mais do que nós sem perceber que aquilo era uma fraqueza que o fazia menos gente. Dizia "Só vais beber isso?

Que menino", mas o menino depois ia dar jantar aos filhos, embalar a mulher no sono enquanto ela lhe sumia entre lençóis, e ele só ficava mais sedento de ódio e amargurado com a vida.

    O mais inconcebível de tudo era dizer que não era homem de beber, mas devia ser salvo excepções, que aconteciam todos os dias, fosse qual fosse a hora, mais do que uma vez. A bebida era a salvação de um fraco porque, quando o álcool dominava as veias, só havia loucura em vez de sangue, e ele queria mandar em toda a gente. Falava alto, irritava-se. No trabalho era um empregado, em casa queria ser ele a mandar. Tantos litros provocaram-lhe danos irreversíveis, mas a maior vítima do vício dele foi a mulher que ele tinha a obrigação de proteger.

    Com qualquer mulher normal, casar com o meu irmão seria cortar os horizontes. Mas a Ema não era uma mulher normal. Os pais morreram quando era pequena, e depois foi acolhida por uma tia muito pobre que teve de a pôr num orfanato. Mas gostava dela, tratava-a bem, ia vê-la sempre que podia, e vendia a alma ao diabo para lhe levar fruta fresca que as freiras lhe roubavam. A irmã, que já era mais velha, vivia com a tia, e a vida que a Ema teve em criança deve ter sido de medo e solidão. Um dia, contou à Marília, até o cabelo todo as freiras lhe raparam.

    Depois disto, veio o meu irmão, e eu bem a vi feliz no namoro, bem a vi feliz no dia do casamento. O Manel, há que dizer, sempre foi o mais bonito dos quatro. Eu muito magro, quase esquálido, o Bruno mais touro, mais à cão, o Paulo baixo, gordo e careca antes do tempo, e o Manel com dentes tão perfeitos que pareciam o teclado de um piano. Não precisava de muito para ser elegante, uma camisa barata bastava, e tinha uma sorte genética que não coube a nenhum de nós. À medida que ia envelhecendo, nem as brancas lhe ficavam mal. Depois a vida impôs-se à sorte e a falta de cuidado e o vício fizeram dele uma amostra de homem.

MANEL

Não podíamos fingir que a minha família era igual à dela. Até ela devia ter noção de que aquilo era gente que não interessava a ninguém. Eram todos feios, parolos, bêbedos como cachos, ignorantes e labregos.

A pior de todos era a irmã. Mal se erguia nas pernas com tanta gordura à volta. Era uma mulher e quase tão larga como eu. Cada perna era um presunto e tinha um sinal na cara que dava vontade de ir lá com um x-acto.

No início, eu aturava-a porque tinha de a aturar. E, como era nova, embora fosse mais velha do que eu, ainda não tinha aquele ar horrendo de besouro. Numa mulher, sempre me meteu nojo a carne que sai dos ossos como barro para moldar, massa para arrancar, e ela começou a arrastar mais quilos de gordura à medida que os anos passavam. Eram quatro da tarde e ela a enfardar bolinhos de bacalhau e bolas de Berlim. Não havia milagres. E depois entupia-se de línguas de veado e comia francesinhas como um bácoro, com o molho a escorrer-lhe pelos beiços cor-de-rosa e os olhos de porco satisfeitinhos com a vida de quem até o prato lambe.

E andava sempre atrás da Ema, armada em mãe. Lá porque ficaram órfãs, achava que não havia mal em ter manias. Em criança, tinha ficado com uma tia, já com corpo para meter linhas em agulhas, e a Ema passou anos num orfanato a levar com freiras avariadas dos cornos. Só me contou a história uma vez, e passou a noite a chorar, e quando adormeceu chorei eu por não conseguir chorar ao pensar em alguém a fazer mal a uma criança.

As gajas faziam-se de beatas e depois divertiam-se a cortar o cabelo às meninas. Meteram-se naquela merda porque nenhum lhes quis meter a mão e ficaram frustradas por uma vida inteirinha sem alguém a pô-las no lugar. Sei que a tia da Ema sentiu remorsos por deixá-la ali, mas deviam ser remorsos aguados porque naquele tempo não havia alternativa. Era uma boa mulher e morreu cedo, e no hospital ainda chorou por não poder ter dado à sobrinha uma vida em condições.

Anos depois, a Ema ainda dizia que foi ali que aprendeu que pedir não servia para nada. De vez em quando, o estômago roncava, pedia pão, mas nem uma migalha lhe davam. A vida foi fodida para uma criança sem pais, e durante os primeiros anos eu ainda a quis salvar de não ter nada de jeito. Eu tive a minha família, os meus irmãos, o meu espaço, e ela existiu sempre à toa.

Cresceu sem mãe, a vida começou torta. Em adulta, teve a sorte de casar comigo, de ter conhecido os meus irmãos. Salvei-a de não ser ninguém. E a partir do casamento achei que ia abrir os olhos, perceber a maravilha que era estar entre os Buracas. Mas nada, burra como era, continuou a querer estar com a irmã, a fazer piadas estúpidas com o palerma do sobrinho, que ainda em criança já era irritante e que andava sempre cheio de terra em todo o lado e a fazer da minha sala um chiqueiro.

Irritava-me que me chamasse tio, como se eu não tivesse já os meus sobrinhos. A Ema nem para fazer um filho me serviu, mas pelo menos sou bom irmão e sou bom tio. Sempre que vejo os meus meninos, dou-lhes um gelado, e ele não era meu sobrinho. O que mais me importa é a família, daí que a tenha protegido sempre dos parolos que vinham atrelados com a gaja. Metia-me nojo que algum dos meus falasse com os dela, mas numa terra pequena não dava para evitar. O único remédio era eu não lhes dar trela nenhuma.

Penso na minha cunhada muitas vezes e não consigo perceber por que caralho é que o meu irmão teve uma gaja daquelas. Ou porque é que tiveram filhos e eu não. Ou porque é que a mereceu e eu só fui o burro que andava aqui a pastar.

Olho para trás e parece que tudo correu mal e que meti a vida num buraco. Uma mulher de 20 anos tocada ainda tem a sua graça, um gajo tem logo vontade de acordar. As palavras arrastam-se, a voz fica mais mole, e ela fica oferecida mesmo que diga que não quer. Mas aos 40 são escória, alguém a quem a vida falhou de cima a baixo, e a Ema teve quarenta durante muito tempo. A culpa não foi minha por isto ter ido ao charco, nenhum homem quer trincar carne estragada.

Aos 20, eu ainda lhe achava piada. Via uma mulher tocada, não previa a velha bêbeda, perdida de vinho, a tropeçar nas escadas. Em flashes, foi isto a vida dela: viver entre freiras loucas, lavar escadas, casar, irritar-me, levar porrada, beber, não saber agradecer-me por tê-la impedido de ser uma mulher sem homem, levar-me aos extremos e enfim morrer, deixando o caos na minha família. Filha da puta.

Vesti o casaco porque em Vizela estava frio e, ainda de madrugada, meti-me com o meu pai e os meus irmãos numa das trinta e tal camionetas que seguiram para Lisboa. Em frente à Assembleia da República, toda a gente se vestia de azul e amarelo para ver se era daquela vez que Vizela era concelho. A febre era tanta que, se armassem o cão lá dentro, íamos armar o cão lá fora.

Já andávamos naquela merda há muito tempo. Dezasseis anos antes, tínhamos ido à luta para não passarmos pela vergonha de sermos de Guimarães. Nunca vou esquecer aquele dia. Eram eleições para a Câmara, a sirene dos bombeiros tocou, explodiram foguetes no ar e os sinos das igrejas tocaram a rebate. Juntámo-nos, assaltámos as assembleias de voto, violámos as urnas, destruímos os boletins. A democracia autárquica para nós era uma ditadura do caralho e a ditadura insistiu: uma semana mais tarde, acharam que íamos ser burros. Saímos da cama, teimosos como uma mula movida a esteróides, prontos para os foder. Fizemos novo boicote, 5.802 leitores foram impedidos de votar. Quem manda nesta terra somos nós.

O tempo lá passou e acalmámos, mas aqui ninguém desiste. Um gajo qualquer levou aquela merda ao Parlamento e os gajos lá dentro deixaram de ser burros. Foram 590 anos até àquela merda e fizemos a festa na rua de S. Bento. Com uma bandeira de plástico na mão, um chapéu amarelo na cabeça e meio rissol enfiado na boca, cantávamos todos ao mesmo tempo que "Vizela é assim e luta até ao fim."

Parecíamos tolos aos saltos e, no caminho de regresso, com o meu pai e os meus irmãos, comecei a beber cerveja atrás de cerveja. O Paulo tinha ido no carro da rádio, o Bruno estava tocado como eu, o meu pai nem uma nem duas e o Zé dizia "Vê lá, são muitos quilómetros, ainda ficas mal-disposto", mas eu estava bem-disposto.

Quando chegámos, fomos todos para a casa dos meus pais, onde as mulheres já estavam. Só faltava o Paulo. Era dia de festa e os meus sobrinhos tinham enfiado raspas de sabonete em caixas de fósforos porque também era Dia do Pai. Eu não recebi nada, mas, ao chegar, abracei a minha mãe. Disse "Conseguimos, caralho!" e ela respondeu "Estás como um cacho." Afastou-se de mim e pareceu que tinha nojo, apesar de ela até gostar de pinga. Estávamos todos à volta da mesa da cozinha e toda a gente tinha um copo.

A Marília perguntou "Não queres um queijinho, Manel?" e eu comi uma fatia de Quinta dos Ingleses porque era o preferido dos putos, que andavam por lá todos contentes. A Ema falava com a Idalete e comiam as duas rodelas de chouriço. Uma magra como um espeto, outra inchada de alheira frita e vinho verde. Irritou-me vê-las às duas, ainda por cima porque ninguém normal come enchidos sem queijo.

— Não trouxeste um queijo, mulher? Um Flamengo, um Limiano?

E ela:

— Não, trouxe vinho.

Mas era de malucos ter ido para lá sem ter leva-

do nada para comer.
— Que vinho é que trouxeste?
— Um Gazela.
— Um branco? Para petiscos? Já estavas com a pinga quando o compraste?
Ela disse só "Valha-me Deus" e continuou a falar com a Idalete, o que me levou logo aos arames. Quem é que a gaja achava que era para me deixar a falar sozinho, ainda por cima para falar com aquela ursa, ainda por cima à frente da Marília e do resto da família? E foi a Marília que disse "Vá, deixa lá isso, come mais uma fatia" e eu olhei-a nos olhos sabendo que aquilo sim, era saber estar. Ir para a casa da sogra e levar um queijo e fatias de pão. Comi a olhar para ela e a meio virei-me de novo para a Ema:
— Vês, caralho? A minha cunhada trouxe um queijo, e dos bons. E tu trazes esse vinho de merda.
Nesta altura, as pessoas em pé à volta da mesa estavam caladas a ver isto, envergonhados por eu ter levado uma mulher que não sabia fazer boa figura. O meu pai, sem abrir a boca, saiu da cozinha e foi para o quarto. A minha mãe perdeu a paciência.
— Não quero discussões na minha casa, ide lá para fora.
Eu ainda disse "Ó mãe, não se chateie", mas ela nem deu hipótese.
— Lá para fora, já disse.
Levantou-se, de mão na cintura. Estava fodida com a Ema.
— Já.
Os outros murcharam todos. Nenhum dos meus irmãos me defendeu.

A Marília olhava para o chão, a burra da Idalete enfardava chouriço, o Bruno estava calado a olhar para nós, o Zé fingia que lhe apetecia comer mais. Dei-lhes dois segundos de hipótese e nada.

— Se quiser mesmo que eu vá embora, eu vou.

E a minha mãe, com voz de qualquer coisa que não mãe.

— Quero. Põe-te a andar daqui para fora.

Choque e espanto. Virei-me para a Ema e disse-lhe para irmos. Ela levantou-se, deu um último trago no vinho e ninguém disse uma palavra. A minha família envergonhava-se de mim por eu ter casado com uma bêbeda. Antes de sair da cozinha, ainda disse "Até amanhã, se Deus quiser", porque uma labrega tinha de ser sempre labrega.

Filha da puta de gaja. Enervou a minha mãe. Eu, filho, tive de sair por causa dela. Desci as escadas, fervi. Já só me apetecia gafá-la. A culpa era dela por ter trazido a merda do vinho errado. Bêbeda como era, devia ter deitado o outro goela abaixo. Não tinha educação, não servia para nada.

Enquanto íamos para casa, fui dizendo que ela devia ter vergonha na cara, que as outras mulheres não estavam sempre a fazer figuras de ursas, que quando se vai para um convívio é evidente que se tem de levar alguma coisa. A festa à nossa volta, de gente com bandeiras e buzinas, já me batia ao lado. E ela logo, como quem achava que tinha hipótese de defesa: "E levei! Levei o vinho!" Aquela merda exasperou-me porque eu já lhe tinha dito que não era para ter levado o Gazela. Foi mais longe, e teve o descaramento de dizer: "E estás com essas coisas e nem sequer trouxeste nada."

– É a casa da minha mãe, caralho. Da minha mãe. Sou filho dela. Tu é que és de fora, tu é que tens de levar alguma coisa. A Marília também levou e é mais da casa do que tu.

Vivia no rés-do-chão, os meus pais no primeiro andar.

– Porra para o raio da Marília, mas é.

– O que é que disseste?

– Disse "Porra para o raio da Marília." Isso que interessa? Havia queijo, havia vinho, havia pão. A Idalete estava a comer sem se queixar.

– Quero lá saber da puta da Idalete. Não me enerves. Não me enerves, caralho.

Mas já me tinha enervado. O caldo estava entornado, o dia estava estragado. Eles tinham ficado a fazer aquele lanche ajantarado, iam ficar ali pela noite dentro, e eu tive de vir embora, e logo naquele dia, por causa daquela gaja. Devem ter tido tanta vergonha dela que ninguém veio atrás de nós e ninguém tentou convencer a minha mãe.

Chegámos a casa e fui para o quarto ver as notícias. Pouco depois, senti-a ir para a cozinha fazer o jantar. Comecei a ouvir barulho de testos e de panelas e irritei-me logo. Parecia que a gaja não sabia fazer nada direito.

Fui ter com ela e disse:

– Tanto barulho, caralho!

E ela:

– Meu Deus, homem, estás tão chato.

E continuou a cortar coisas como se eu não estivesse ali. Fiz a vistoria à cozinha e perguntei:

— O que é essa merda?
Ela olhou para umas bolas verdes.
— Isto? Então não se vê logo que é chuchu?
— Chuchu?
Achei que estava a gozar comigo, armada em ursa.
— Já te perguntei o que é esta merda, caralho.
— E eu já te disse que é chuchu.
Que porra era chuchu? Aquilo comia-se? Nunca tinha comido aquela merda. Irritei-me outra vez.
— Vais meter essa merda na sopa?
— Vou.
— Nem me perguntaste se eu gostava. E se eu não gostar da sopa?
E ela, toda insolente:
— Comes na mesma, que isto não é um restaurante e eu não vou fazer duas sopas, e a Licinha é que mos deu.
— Deu-tos? Andas a fazer de pobre lá fora, que a gaja nem tos cobra?
— Deu-mos porque lhe cosi umas calças do neto.
— Andas a fazer de criada na rua? Pedem-te as coisas e tu fazes?
Nesta altura, eu já berrava. Detestava que assumisse o papel de criadinha.
— Não me custou nada, poça. Ela nem tem máquina de coser.
— E tu também não tens.
— Pois não, mas usei a da tua mãe.
Aqui, perdi o controlo. Ela bem sabia como me irritava que chateasse a cabeça à minha mãe, ainda

por cima para a merda de umas calças, que nem eram para mim, nem para ela, nem para a pessoa que lhe pediu que as cosesse e que depois lhe deu a merda dos chuchus.

Peguei na garrafa do azeite e parti-a com toda a força na mesa. Gritei-lhe:

— Pára de chatear a cabeça à minha mãe, ó lorpa!

Com esta brincadeira, a merda do azeite esparrinhou e fiquei com nódoas na camisa.

— Estragaste-me a puta da camisa.

Ela estava em silêncio ao lado dos chuchus e da panela. Tinha o sobrolho franzido, estava zangada como se a culpa fosse minha. Estúpida do caralho.

Tirei a camisa e atirei-a para o chão. Ela que a lavasse. Antes de me passar por água e vestir outra, ainda disse:

— Se não gostar da merda do chuchu, faço-te aos bocados.

ZÉ

Comi um croquete para não ter de falar. A Marília tentou salvar o dia, "Sabe como é, Miquinhas, dia de festa, bebeu muito", mas a minha mãe era implacável: "Está sempre como um cacho." E o Bruno: "É, veio contente lá de baixo." Eu respondi "Pois, foi isso" numa lealdade surda ao meu irmão, porque sabia que nada daquilo tinha que ver com alegria.

Fizeram-se uns segundos de silêncio e o Bruno disse "Como é, vou buscar os frangos?". Era suposto jantarmos todos juntos, ficarmos ali até serem horas de os miúdos irem para a cama, mas já ninguém tinha vontade. Um a um, todos nos descartámos: "Não tenho grande fome", "Já comi bem", "Perdi o apetite", "Estava com uma puta que meu Deus."

Perdemos a chance e foi a partir dali que a minha vida começou a descambar. Lembro-me daquele dia como o último em que tudo esteve bem. Se eu soubesse o que ali vinha, talvez me tivesse demorado um pouco mais, talvez tivesse comprado um pudim de ovos. E talvez tivesse dito ao meu irmão para nem ir, para não estragar a festa. Vizela era concelho, os putos brincavam com os primos, a Marília estava viva — o sol brilhava. Mesmo neste cenário, o Manel e a Ema conseguiram poluir tudo.

Terá sido aquele o último dia em que ela esteve bem? A memória do que se passou a seguir rompeu o que havia à volta. A Marília andava cansada, é verdade, mas toda a gente com três filhos e trabalho anda num canho. E então começaram os enjoos, os vómitos matinais.

— Zé, estou a sentir-me mal-disposta.

Já no dia anterior tinha vomitado, mas ninguém fica dois dias de rastos por causa de camarão, até porque eu também tinha comido camarão.

— Vais vomitar outra vez?

— Sim.

Fechou-se na casa de banho e vomitou. À segunda, não havia como culpar o marisco. Ela estava a chegar aos 40 e íamos ter um quarto filho. Só que não batia certo com o ciclo.

Ouvi-a descarregar a água, saiu e pareceu-me frágil. Não tínhamos de ter a criança.

— Estás grávida – disse-lhe eu.

E ela respondeu apenas:

— Não.

Antes fosse. Dois dias depois, chegou a febre. Mais dois de ibuprofeno e paracetamol e chegaram os calafrios. A minha mulher perdeu três quilos, a médica de família encaminhou-a para uma especialista, e foi a hora de ultrassonografias, cintilografias, ressonâncias magnéticas e radiografias ao tórax. A partir daí, foi a descer.

Quando a médica nos deu o diagnóstico, achámos que era coisa para meia dúzia de comprimidos e descanso, que aquele tom amarelado ia desaparecer em dias, e isto porque o optimismo nos deu a volta aos olhos. Bastava-nos já termos passado por aquilo, termos tido uma vida que nos permitisse saber que alguma coisa podia dar para o torto. Mas não entendíamos o que era a elevação da concentração sérica de fosfatase alcalina nem de bilirrubina nem aspartato aminotransferase nem leucocitose ou hipoalbuminemia. Ouvimos "anemia" e isso fez com que nem processássemos o abcesso hepático. Falta de hemoglobina tratava-se sem drama. Mas depois vieram o nitroimidazol, o tinidazol, o metronidazol, e tudo em vão. E depois mais exames, três internamentos, duas drenagens que não tiraram tudo.

Veio uma coisa após a outra, uma chapada após a outra. Mas a vida era assim, lidava-se com o que aparecia, curavam-se as doenças. E, de tão ocupados com a vida, nem nos demos ao luxo de pensar na morte.

Os nossos filhos habituaram-se, chegou a ser normal que a mãe vivesse entre a nossa casa e o hospital de Guimarães. Quando chegavam da escola, sentavam-se aos pés da cama e contavam-lhe o dia. Ela, cada vez mais magra, com uma voz que já só servia para gemer, ouvia-os porque não poderia ouvi-los muito mais.

E a doença passou a fazer parte da casa. As crianças adaptam-se mais depressa, mas eu sentia o choque de aquilo ter acontecido de repente, de a cor e a energia terem ido ao ar de um dia para o outro. As pessoas diziam-me "Tens de preparar os meninos" e eu achava-as loucas, indolentes, grosseiras. Não era coisa que se dissesse, porque ainda por cima não era verdade.

Ia trabalhar com pena de a deixar sozinha em casa com o pequeno-almoço na cama. Durante o dia, nem tinha cabeça para o trabalho, levava a mal que me entrassem clientes na loja sabendo que eu tinha mais em que pensar. A vida descambava à minha frente e eu ali a tirar gordura a frangos. De meia em meia hora, dava uma corrida a casa. Dava-lhe um abraço e voltava, nem sequer fechava a porta.

À noite, não queria saber de mais nada. Olhando para trás, parece que estive exausto desde o primeiro dia. Fazia bifes de frango para os miúdos, de porco para nós, e um arroz de tomate que acompanhasse a salada, e havia dias em que ela estava tão cansada que comíamos todos no quarto. O mais triste era o seu sorriso triste. Diante dos filhos, não vacilava, e muitas vezes diante de mim também fingia estar bem. Mas sorria com cansaço, com dor, com pouca vida, e eu nem via o sorriso, só o cansaço, a dor, a pouca vida, e custava-me que se impusesse mais um esforço, ainda por cima a pensar nos outros.

Agora passava os dias de pijama. Quando estava frio, vestia o roupão por cima. Quase era difícil ver nela aquela mulher que andava na rua confiante, a tornar o chão sagrado, iluminando o alcatrão. Como eu sabia que, para além do resto, lhe custava estar desarranjada em casa, começou a ser hábito que todos nós vestíssemos os pijamas ao chegar, e assim cultivámos a doença até ao fim. A minha mãe às vezes ajudava e tratava da roupa ou fazia umas travessas de cabidela que duravam dois dias. O meu pai, ao voltar da livraria, trazia pão, deixava bolos. O Paulinho, aos fins-de-semana, levava os miúdos ao parque, dava uma volta com eles. O Bruno levava-os de vez em quando para Lustosa para brincarem com os primos e dava-lhes hambúrgueres. A Ema aparecia com mantas polares ou uma botija para os pés. Todos ajudavam e só o Manel aparecia bêbedo e se esquecia de que ela estava doente. Perdia a noção das horas e batia-me à porta às onze da noite e a cheirar a aguardente. A vida em estilhaços e ele numa festa a falar de futebol, a perguntar quando íamos todos ao jogo. Os miúdos na cama e ele a fazer barulho à porta.

— Como é? Vamos à bola no domingo?

A voz arrastava-se como as pernas de um moribundo tetraplégico.

— Não posso. Não vamos.

— Caraças, agora nunca vens. Já não queres saber da bola?

Eu dizia e repetia que tinha a Marília doente em casa, ele garantia que até domingo ela se punha boa de certeza, mesmo sabendo que estávamos naquilo havia meses. Uma vez, chegou-me lá a insistir na bola com uma garrafa de vinho verde e amendoins, sem perceber que eu mais depressa lhe daria com a garrafa na cabeça do que o deixaria entrar. Os miúdos a dormir, a Marília a adormecer na cama com a telenovela, e eu a ter de levar com aquilo. Disse que não e não, insisti outra vez e nada, ele continuava a querer beber e comer amendoins. Tinha de se levantar no dia seguinte às sete, mas bebia álcool como quem mete gasolina. Perdi a paciência, disse-lhe "Já te disse que não quero, é tarde, deixa-nos em paz", ele ficou com um ar muito ofendido, fechei-lhe a porta na cara e só minutos depois o ouvi ir embora.

Quando cheguei à cama, a Marília, mais acordada do que quando a deixara, disse o que toda a gente pensava:

— Não sei como é que a Ema consegue aturar isto.

MANEL

Barrou a torrada com doce de mirtilo, depois barrou outra com manteiga. Quando peguei na manteiga, tinha bocados azuis.
— Caralho para isto. Que merda é esta, mulher?
O trabalho dela era limpar e até a meter uma faca num frasco fazia uma pocilga.
— O que é que foi, porra?
Ainda me respondia assim depois de ter feito merda. Sempre a falar mal, sempre com a boca de um homem.
— Vê lá como é que falas.
E ela, mesmo só para me irritar:
— Falo como me der na cabeça.
Mandei-a calar a boca, ela engoliu as palavras e calou-se. O que mais me irritava era que fizesse coisas sem nexo, que parecesse sempre avariada dos fusíveis. Toda a gente mete a pata na poça, mas meter uma faca em manteiga depois de a ter metido em doce é de quem só tem palha na cabeça. E, em vez de pedir desculpa, de assumir a merda que fazia, ainda reclamava comigo como se o burro fosse eu.
Naquele dia, não estava mesmo para me chatear, e por isso comi o raio da torrada com bocados de doce de mirtilo no meio da manteiga. Deixava-me fora de mim que a gaja nem tivesse noção do que fazia. Acabei a meia de leite, tomei o meu cheirinho e levantei-me sem vontade nenhuma de ir para

a fábrica às sete e meia da manhã.
 Enquanto vestia o casaco, vi na mesa da credência um tubo de linha e um dedal. Ela pouco cosia, nunca a tinha visto com um dedal. Já não houve volta a dar, estragou-me logo o dia. Voltei para trás.
 — Roubaste o dedal à minha mãe, filha da puta.
 Sorvendo a cevada a fazer barulho, olhou para cima, fingindo que não era nada com ela.
 — O quê?
 — Roubaste-lhe o dedal, caralho.
 — Que dedal, poça?
 Que dedal, perguntava ela. Quantos teria roubado?
 — Está ali um dedal na credência.
 Pousou o café.
 — Que importa a porra de um dedal?
 Admitia que o tinha roubado e ainda achava que não tinha feito asneira da grossa.
 Levantou-se e foi à credência. Pegou no dedal. No dedal da minha mãe.
 — Este dedal? Esta porcaria deste dedal? Comprei-o no armazém, homem.
 Como se eu fosse estúpido. Senti que os olhos me chispavam.
 — Ai foi? Quanto custou?
 Não sabia. Claro. Que conveniente.
 — Sei lá quanto custou a porcaria do dedal.
 Detestava que fizesse de mim burro. Néscia como era, nem tinha noção de que não podia enganar os outros. Agarrei-a pelos colarinhos e disse:
 — Não tornas a roubar à minha mãe.
 Pôs-se feita burra a fingir que estava indignada

— Não roubei nada, nada. Já estás com a pinga e nem é dia.

Larguei-lhe os colarinhos. Ela pareceu achar que me tinha levado avante.

— Estúpida do caralho.

Aquela gaja irritava-me. Aquela cara irritava-me. Olhava para mim indignada, abria e fechava a boca, mas gente daquela não tinha nada a dizer. Irritou-me ter casado com uma gaja tão sem sal. Continuei a agarrá-la com a mão esquerda e, com a direita, dei-lhe com o punho naquela carola que só tinha palha dentro.

A gaja caiu para cima da poltrona e, histérica, começou logo a chorar. Mas eu ainda não tinha acabado:

— O meu irmão que saiba que andas a roubar à nossa mãe.

Levantou-se, devagar, apoiando-se no móvel, a esfregar a testa como se lhe adiantasse muito. Ainda teve o descaramento de dizer:

— Não és metade do homem que o teu irmão é.

Ainda por cima, eu estava a falar do Paulo e sei que ela se referia ao Zé. Ora, o Zé teve a sorte de casar com uma mulher de jeito, e o azar que teve nem era justiça, era só azar do grosso. Naquele momento, a Marília estava no hospital e a minha andava por aí erguida como uma esponja carregada de bagaço.

Que me importava que aquela gaja chorasse? E, aliás, quem é que chora com aquela idade por levar uma lapada? Uma merdice de um encosto e já se fazia de vítima e coitadinha e não sei quê.

Saí de casa com os azeites, a ter de andar da per-

na por causa do castigo. O frio da manhã era gelo como sempre e cheirava a pão quente vindo do Barracão.
Fui educado à antiga, sei que homens e mulheres são coisas diferentes. Numa mulher não se bate, uma mulher é uma flor, haja homens para tomar conta das gajas. Mas, caralho, aquilo nem mulher era, era um conjunto mal amarfanhado de animal. E que merda de filho seria eu se deixasse aquela lorpa andar a roubar à minha mãe? Mas já se estava mesmo a ver: como andava sempre tudo pronto para me mandar foder, já sabia que iam todos dizer que a culpa era minha.
Passei a manhã com a mosca. No trabalho, dois ou três ainda perguntaram "Está tudo bem?" e eu respondi com "Vai-se andando."
À hora de almoço, não estava para a aturar. Já sabia que ia estar com aquele ar velho e magro e demente e estúpido e inútil e desgraçadinho. Sem lhe dar explicações, saí da fábrica e fui comer rojões à Galinheira. Bebi dois copos de vinho e, como estava irritado, pedi um uísque duplo.
Voltei para a fábrica, só saí de lá ao fim da tarde. E a gaja estava em casa, já tinha ido trabalhar e vindo. Entrei sem dizer nada e ela nem me cumprimentou. Vi-a debruçada sobre a mesa da cozinha a cortar batatas em rodelas. Parecia um trapo.
– Estás com a cara toda negra, mulher. Não tens vergonha?
E tinha saído à rua sem pelo menos ter posto maquilhagem para disfarçar a cara feia. Era uma das coisas que mais me incomodavam nela. Nunca se pintava, nunca usava um salto alto. Só parecia uma mulher porque andava de saia. Se tivesse mais do

que areia na cabeça, teria posto o creme que as mulheres põem para disfarçarem as nódoas negras.

A desafiar-me, disse:

— Tu é que devias ter vergonha.

Estalei:

— Não me dês cabo da cabeça. Tive um dia de merda por causa da merda que fizeste.

Ela ia dizer qualquer coisa, mas calou-se. Pensei que ia cozinhar e portar-se bem, mas pousou a batata e a faca, tirou o avental, atirou-o para o chão. Disse:

— Faz o que quiseres com as batatas, hoje vou dormir para a minha irmã.

Respondi-lhe com um:

— Então põe-te no caralho.

E saiu sem dar cavaco, como se achasse que não ia ter de limpar aquilo no dia seguinte, como se eu fosse uma mulher que lhe fosse pegar no avental do chão e dobrá-lo. E, já agora, passá-lo a ferro e pôr-lhe umas gotas de perfume.

Fui tomar banho, deixei as batatas onde estavam, e fui jantar sozinho à Tasca da Caçoila. Enquanto comia feijoada, pensava que de certeza que, àquela hora, já a gaja estava a encher os ouvidos à irmã. Depois iam andar as duas por aí à boca cheia.

Ia fazer-se de vítima a ver se me fodiam. E devia ser fácil acreditar naqueles ossos empilhados em forma de vassoura, mas só um gajo estúpido vai na cantiga de uma gaja que está sempre com a pinga. Eu dava-lhe uma ensabuadela e ela falava daquilo à irmã como se tivesse caído de um andaime.

Ainda por cima, a irmã adorava dar com a língua

nos dentes, abrir a torneira do melodrama e dar-me nas orelhas. Era uma questão de dias – horas? – até uma versão descabida chegar aos meus irmãos, até porque eu tinha a certeza de que nenhuma das duas se ia lembrar de dizer que a gaja tinha roubado um dedal à minha mãe.

Acabei de jantar, bebi um digestivo para dar força e fui para o casino, onde o meu pai costumava parar àquelas horas. Quando lá cheguei, admito que já ia bem-disposto.

O meu pai estava de fato encostado ao balcão. Bebia uma aguardente e falava com dois tipos. Quando me aproximei, ainda o ouvi dizer "O que o Ministro fez não tem pés nem cabeça." Eu disse-lhe "Ó pai, venha cá" e ele olhou-me como se olha um borrachão. Parecia que estava a beber chazinho e não uma Bagaceira Cabecinho.

Chegámo-nos os dois a um canto, mas eu percebi que ele tentava manter a distância. Parecia que já sabia o que aí vinha, que não gostava de que eu fosse filho dele. E, para despejar tudo, disse logo:

– Olhe, pai, já sei que amanhã ou assim vão começar a surgir merdas, que a Ema vai contar uma filhadaputice, mas a culpa foi dela. Descobri que a gaja tinha roubado um dedal à mãe. Enervei-me e fui-lhe às ventas, não tinha nada que andar a roubar à mãe. Mas já se sabe como as mulheres são, e ela entretanto foi para a irmã, e vem aí merda de certeza. Só vão contar o que querem fazer ouvir. Mas o pai não se preocupe, que ninguém rouba sem que eu me mexa, muito menos uma mulher minha.

O meu pai olhava-me a direito, sem reagir. Parecia surdo. Pelos olhos, também não se apanhava um caralho. E, do nada – sem uma palavra –, deu-me um chapadão.

Ridículo. Dei um soco, levei um estalo, e o meu foi bem pior porque veio do meu pai. Estava fodido como se aquela merda interessasse a alguém. A gaja é que tinha roubado a porra de um dedal.

Reparei que ia dizer qualquer coisa, mas durante uns segundos ficou calado, e ainda bem. Quando finalmente abriu a boca, foi tudo com o caralho.

— Não te andei a criar para bateres numa mulher.

Na cara dele, não havia raiva. Era desonra.

Foi tudo sem pés nem cabeça. Culpar-me também é de malucos. Basta olhar para ela. A sério, olhe-se para ela: magra, desenxabida, mal vestida, seca, mal conservada. Tem mesmo ar de quem leva duas lostras em casa.

O meu pai não tinha era de ter reagido assim, muito menos de ter ficado do lado dela. Ter estado contra a família pela Ema. Isso sim, era desonra.

Qual era o drama? Sim, tinha batido a uma gaja. E?

ZÉ

O Paulinho bufou como um animal numa jaula. Fechou o punho, deu um murro ao balcão. Só estávamos nós os três na livraria: eu, ele e o meu pai. Lá fora, chovia forte e feio e o meu irmão tinha posto um plástico em cima dos jornais à porta. O meu pai insistiu:
— Tens de me prometer que não contas nada à tua mãe – dizia.
O Paulinho bufou outra vez, dizendo "por amor de Deus, por amor de Deus". Estava possesso. Não concordava.
— Mas não conto o quê?
Parecia que tínhamos escondido um cadáver na arrecadação.
— Primeiro promete.
— Não percebo.
Mas lá prometi. Meio fúria, meio decepção, o meu pai pareceu-me mais velho sob os óculos meia-lua. O Paulinho só parecia zangado. O primeiro deu fôlego, ganhou lanço:
— O teu irmão é um palerma.
— O Paulinho? – perguntei, sabendo que era o Manel.
— Nem brinques com isto.
E o Paulinho:
— Tens muita piada, tu.
— Calma, já não se pode gozar nesta família?

Que fez ele?

— Desta vez passou as marcas — disse o meu pai, e o meu irmão não se aguentou mais atrás do balcão. Começou a andar furiosamente pela loja e agora sim, parecia um urso numa jaula.

— Bateu-lhe? — Fiz a pergunta, mas a resposta estava à frente.

O meu pai não respondeu, pôs-se a olhar para a chuva. Lá fora, uma mulher corria com sacos de plástico, segurando um guarda-chuva preto que não servia para nada. O meu pai nem me olhava nos olhos, e eu sabia que era por vergonha. Culpava-se como eu me culpava. Culpávamo-nos porque o Manel era um dos nossos.

E o Paulinho:

— Só me apetece partir-lhe a cara.

— Deu-lhe um soco — disse o meu pai.

— Um soco, caralho. Um soco a uma mulher. Para quê? — O meu irmão estava louco com aquilo.

Eu, meio ausente, ainda respondi:

— Pois, não devia.

— Claro que não devia. E agora o pai não nos deixa contar à mãe.

Debatia-se com a sensação de ter de lhe aparar os golpes, de o defender da sanção máxima. Ele sabia que a nossa mãe o poria no lugar. Sabia que, em vez de um berro, lhe daria aquele olhar que um filho não esquece.

Mas eu queria lá saber. Tudo o que não fosse a minha vida era indiferente. O meu irmão só nos fazia passar vergonhas, mas ninguém levava aquilo tão a peito quanto o Paulinho. Até fazia impressão ver como os dois se tinham afastado, e como o Manel parecia sempre um cão de língua de fora em busca do carinho do irmão. Muitos anos antes, era ao contrário, o Manel protegia sempre o Paulo. Aquele afastamento, parecia-me, sabia-lhe a traição.

 O meu pai ficava envergonhado, eu ficava chateado, mas para o Paulinho aquilo era um ultraje. Baixo, careca e forte, não tolerava que um homem erguesse a mão a uma mulher, e também não aguentava as figuras de bêbedo do irmão mais velho. Parecia que, da sua parte, já não havia amor de irmão.

 Nenhum de nós ficou chocado, mas eu não tinha vida para dramas. A Marília estava cada vez pior, sozinha na maca de um hospital, eu não podia existir fora daquilo. Sim, passei pela livraria à hora do almoço – eu, que nem comer podia – para desanuviar um bocado, passar os olhos pelo Público, mas as más escolhas dos outros não me podiam dar cabo da vida. E, por isso, disse ao meu pai:

 – O pai desculpe, mas não me posso meter nisso.

 Sentia que os dois me cobravam que interviesse, que fosse para um lado da trincheira. Mas um era solteiro, o outro tinha a minha mãe em casa, nenhum tinha a mulher a meter um pé na cova, e eu não queria mais guerra. Sim, tinha pena pela Ema, mas aquilo era tudo previsível e ela não se punha a andar porque não queria. Aliás, ninguém percebia porque é que continuava ali. O meu irmão era chato, estava sempre bêbedo, sempre de mau humor, e há anos que ela só lhe servia como saco de berros. Ela também nunca se exigiu melhor do que aquilo, habituou-se à má-vontade. O que é que eu ia fazer? Era com eles. E também não parecia pior do que ter passado anos a levar com cheiro a vinho e mau humor.

Fugi dali, recusei-me a ser sugado. A pressa foi tanta que deixei lá o guarda-chuva. Talvez seja fácil apontar-me a indiferença, mas eu tinha uma família e a vida não dava para heroísmos. Havia outros que podiam fazer o que eu fizesse. Tanto o meu pai quanto os meus irmãos podiam pôr o Manel no sítio, mas só eu podia estar em casa a tratar da ausência da Marília, a imaginá-la a perguntar-me "Foste tomar banho ao rio?" ao ver-me entrar encharcado no quarto, descalço e a pingar água.

Tínhamos estado um ano naquilo sem pensar no fim. Só nas últimas semanas é que a tristeza a venceu e a Marília entendeu que não ia ver crescer os filhos. Nunca mais me esqueço dos olhos a brilhar na cara baça, ela de pijama, sentada na cama do hospital e a dizer-me "Não te prendas por mim, refaz a tua vida", e eu a chorar como um menino que tem medo de avançar. Ali, no fim, a recuperar de doses de morfina, ainda me consolou por ter de viver sem ela. Eu disse que "Não, nem pensar", e foi verdade, nem pensei, e era-me inconcebível olhar para outra porque outra não era ela. Nesse dia, deixei-a adormecer comigo dobrado sobre a maca e voltei a chorar até não poder mais. Ainda não a tinha perdido e já sentia a falta dela. O horário de visitas terminou, o segurança mandou-me sair do quarto e conduzi para Vizela a achar que a vida era impossível.

Duas semanas depois, o telefone tocou enquanto eu dava o pequeno-almoço aos meninos. Do outro lado, um médico disse-me "A sua esposa faleceu" e tudo me pareceu um equívoco. A esposa, a minha, o falecimento. Era tudo muito distante de um "A tua mulher morreu", de um "A Marília está morta", e o clique que se fez no cérebro não activou logo. Mas devo ter falado como um autómato, ter dito o que não quis, porque quando desliguei o telefone os miúdos estavam os três de pijama a olhar para mim e a chorar.

MANEL

Foi trocar de roupa. Mandei-a despachar-se e nada. Berrei-lhe do corredor: "Anda lá, caralho" e ouvi-a resmungar sem vir à porta. Não percebia como é que demorava tanto a meter uns trapos que nem sequer ficavam bem quando eu até já tinha posto o *after shave*.

Saiu do quarto e mais ridículo do que aquilo não havia. Em vez de parecer que ia a um funeral, parecia uma viúva. Tinha uma saia preta e uma camisola rendada, horrível e fora de moda. Levava a carteira na mão porque era tão atrasada que nem sabia pô-la numa malinha de mulher. Disse-lhe que parecia uma velha e ela teve o descaramento de responder "Tu também" como se eu não tivesse vestido um fato preto normal. Um dia daqueles e a gaja ali estava a ser o que era sempre.

Fui directo a ela, agarrei-a pelo pescoço. Quando sinto os ossos frágeis contra a mão, ninguém duvida de quem manda. Não quis aleijá-la, só mostrar-lhe que podia, e aquilo serviu logo para se fazer de coitadinha. Quando a larguei, começou a tossir curvada como se eu tivesse feito uma grande coisa.

Não percebia mesmo que aquele dia era importante para a minha família? Coitado do meu irmão. E coitados dos meus sobrinhos. Deviam estar a chorar a falta da mãe e a gaja a fazer fitas.

Ao olhar melhor para ela, reparei que tinha um

traço mal feito nos olhos. Perguntei-lhe "Que merda é essa que meteste aí?" e ela, em vez de responder, mandou um "Não me comeces já a foder a cabeça." Parecia que só sabia provocar, que fazia de tudo para me piorar o dia. E massajava o pescoço para se fazer de desgraçada.

Suspirou e respondeu:

— É maquilhagem. Foi a Marília que me deu há meses e nunca usei.

Ridículo.

— Deu-te maquilhagem para quê?

— Não sei, fui vê-la e deu-ma. Disse que já não usava.

— Mas deu-te isso para quê?

— Para ficar bonita.

Ri na cara dela.

— Mas olha que não ficaste.

Ficou toda ofendida por eu ter dito o óbvio. Respondeu:

— Não sejas ordinário.

Ri-me outra vez e mandei-a tirar aquilo.

— Vais a um velório, não a uma festa, mulher.

— Eu bem sei. Achei que seria uma boa homenagem.

— Achaste mal. És demasiado burra para teres opiniões. Nem deves saber o que é uma homenagem. Vai tirar isso, que pareces um pinheiro.

Afastou-se de mim uns metros em direcção à porta.

— Não vou, poça. Não vou.

— Ai vais, vais. Que caralho é que achas que o meu irmão vai dizer quando te vir chegar à capela

como se aquilo fosse uma tasca manhosa?
— Não vai dizer nada.
— Pois. Vai ficar tão fodido que vai fingir que não estás lá.

Não respondeu. Ficou parada uns segundos, pousou a carteira na credência, passou por mim dizendo um "Poça para isto, mas é" e foi à casa de banho lavar-se. Quando saiu, continuava ridícula, mas pelo menos a cara estava limpa.

Com esta merda toda, fomos os últimos a chegar ao velório. Até o caixão já lá estava. A minha mãe tinha telefonado para a livraria, da livraria foram ao banco dizer à Ema, a Ema foi a casa telefonar para a fábrica. O Freitas, por uma vez na vida, não se pôs com merdas e deixou-me ir embora. Eu, pelo meio, não falei com o meu irmão e, quando voltei a encontrá-lo, já ele tinha cara de viúvo.

Foi horrível vê-lo. Tinha tanto desconsolo que parecia um velho ou um rato ou então um velho rato. De pé e vestido de preto, parecia também um espeto. Não sei se era da roupa, se dos olhos encovados, mas aquilo não era estar magro, era ser um esqueleto com pele em cima. A cara estava tão pálida que parecia não ter sangue dentro, as mãos tremiam-lhe e as unhas roídas davam-lhe um ar de descontrolo. Passava a mão pelo cabelo e a seguir limpava os olhos. A falar, parecia um *robot*, sempre a repetir o "Obrigado por terem vindo."

Cumprimentava e limpava a mão à camisa, que entretanto já estava encorrilhada. Os olhos eram de cão aflito sem saber para onde fugir, saltando entre quem chegava, os filhos sentados e quietos com o corpo da mãe à frente, a mulher dele morta e metida numa caixa.

O meu pai estava lá calado e nem me falou. A minha mãe tinha mais por onde olhar, nem deve ter reparado que eu lá estava. Estava sempre atrás do Zé, do Zezinho, do filho querido, do seu filhinho, com uma atenção que não dava aos outros. Erguia o braço para o pousar no ombro dele, dizia-lhe "Senta-te, fofinho, não tens de estar aqui à porta" e eu devia ser transparente. Ele só respondia "Deixe, mãe, deixe", tão centrado naquilo que nem queria saber da mãe. E, aos magotes, chegava o povo. O Paulo estava sentado ao lado do caixão, parecia olhar em frente mas devia estar a pensar no dia de S. Nunca às três e segurava na mão as flores que não pousou. O Bruno chegou de Lustosa com os meus sobrinhos e a Idalete, que levava uma roupa preta que cheirava a barato e devia ter sido comprada na loja dos trezentos. Os pais da Marília choravam abraçados ao caixão, as irmãs pareciam cães a ganir com fome. Ainda disse à Luísa "Acalme-se, está a chatear os meninos", e ela olhou para mim tão tonta que nem pareceu reconhecer-me, limpou as lágrimas a um lenço de papel e atirou-o para o chão. A Ema, que viu tudo isto, nem se dignou a apanhá-lo, e tive de ser eu, cheio de nojo, a não deixar que sujassem o chão do velório da minha cunhada.

A Luísa continuou ali a chorar pelos cantos, e irritou-me logo por parecer não entender que a Marília já não era dela. Casada com o meu irmão, mãe dos meus sobrinhos, aquele velório era nosso. O papel dela seria chegar, cumprimentar o meu irmão, dar um mimo aos meus sobrinhos e sentar-se a um canto sem fazer barulho. Mas não, chegaram ali como se fosse tudo deles, os pais plantados ao caixão, a Luísa a dar um concerto de *heavy metal*, a Armanda sempre a dizer sozinha "Ai, não me acredito, não me acredito, a minha irmã", até que eu fui lá dizer-lhe "Largue lá a minha cunhada um bocado, que está a tapar a vista aos meninos."

Pelo meio, a Ema tentou armar-se em esperta e pôs-se a perguntar aos miúdos se queriam um lanchinho. "Eu vou buscar um guardanapo à pizzaria", dizia ela.

Só me irritava com aquela merda. Um funeral e, para além das irmãs da Marília a guinchar e dos pais abraçados ao caixão, ainda tinha de se ouvir a voz daquela gaja. Os meninos disseram que não duas ou três vezes. E eu cheguei, dei-lhe um encosto:

— Deixa-os em paz. Não és mãe deles. Não lhes fodas a cabeça.

— São duas da tarde, não devem ter almoçado. — Virou-se para eles. — Almoçastes?

— Não — respondeu a Rita.

— Vês? — disse, armada em ursa, num desafio.

— Deixa-os em paz. Eles já disseram que não. — Virei-me para a Rita. — Não vos preocupeis, que a Ema não vos chateia mais.

Aquela era a minha família e a gaja ainda se punha lá a ter opiniões.

A Ema fez outra vez aquele ar de estúpida que acha que o mundo está contra ela:

— Só queria saber se queriam um lanchinho.

O Pedro, para a consolar, disse-lhe:

— Olha, Ema, acho que afinal me apetece. Não te importas?

A Ema fez um ar ridículo de triunfo.

E logo a Rita:

— A mim também.

E o Dimas, encorajado pelos outros:

— E a mim.

— Vês? — disse-me a Ema. Virou-se para o Pedro. — Claro que não, amor.

Fez uma festa na cabeça aos três e voltou encharcada, com uma caixa inteira cheia de bolos e um saco cheio de latas de Sumol. Era uma festa.

Depois de lhes enfiar natas pela goela, passou a tarde a entrar e a sair. À porta, arrumava os guarda-chuvas, falava alto, dava indicações como um polícia sinaleiro em Hong Kong, "Isso, ide, ide, é ali à esquerda, depois da porta." Nem na merda de um funeral sabia estar. Vestiu-se toda de preto, mas só parecia uma velha. Magra como um osso, seca como um osso, era mais feia do que um cadáver e tinha o cabelo preso como um cabo de vassoura. Chorava e metia nojo com aqueles olhos encovados e só me apeteceu parti-la ao meio quando percebi que cheirava a vinho.

ZÉ

Chega a incomodar-me ver gente na casa dos cinquenta e pensar que a Marília nunca chegará a essa idade. Talvez seja mais fácil quando se começa a amar a meio da doença, quando no despontar do amor já se faz luto. Assim, há como dar a volta ao tempo, criar fantasias tétrico-românticas, imaginar, por exemplo, que ela já morreu e que cada dia com ela é um regresso.

Quando começamos novos, vamos sem travões. E por isso não tivemos meias medidas, amámo-nos sem complacências. Demorei anos até casar porque quis fazer a coisa à grande, bom vestido, bom fato, bons sapatos. E o dia em que começámos a morar na mesma casa soube-me a chegada, ainda que eu não tivesse saído do sítio. Foi ela quem veio morar para o que era o rés-do-chão da casa dos meus pais.

Metemo-nos a ter três filhos porque nos sentíamos mais família do que casal, e talvez isso derive da forma como a nossa casa se compunha. Éramos sempre uns quantos, todos à volta de uma mesa, e aos sábados íamos a Guimarães ver as irmãs e os pais dela. Tínhamos a vida à frente, nenhum de nós pensou em solavancos. Enquanto a enterravam, ainda pensei que nunca a tinha conseguido imaginar velha. Mas, claro, também nunca a tinha imaginado morta.

A morte de uma mulher não cabe na cabeça de ninguém. Quem pensa em tragédia não pensa num fígado falhado. Quando telefonaram do hospital, parecia-me que era tudo um filme, que tinha um balão cheio no peito que me travava o ar ou cinquenta elefantes lá sentados.

Ao cair da noite, tudo sabia a impossível. A Marília ali deitada, com um vestido branco, coberta de flores, parecia mais uma pintura sinistra do que alguém. Não dava para entender onde acabava a mulher e começava a cera. Onde acabava a vida e começava o nada.

Vi-a no caixão, mas não aceitei a morte. E, como morta ela parecia outra, escolhi lembrá-la viva. À medida que os anos passavam, ficava uma mulher mais sólida. Não havia degradação – apenas beleza. E umas rugas nas mãos que lhe davam um ar de mãe. Foi isso que quis guardar até ao fim.

Perante quem chegava, eu cumpria o meu papel, mas só queria limpar os olhos para limpar a dor. Agradecia presenças, mas preferia estar ali sozinho, nós os cinco ali sozinhos com uma dor que era só nossa.

Não me lembro de me custar pegar no caixão, mas lembro-me da dor no braço ao sair da cama no dia seguinte. No cemitério, a chuva amoleceu a terra, que se confundiu com a água e virou lama. O coveiro escavou e enterrou a minha mulher em terra mole. O buraco de lama ficou ali de boca aberta a comer o meu amor.

Voltei a pé para casa, o Paulinho levou os meninos de carro. Consegui escapar por entre a massa preta e desci a rua sem pensar no caminho, sem saber se queria ir. A chuva caía a pique e eu respirava água ou nem sei se respirava. A Marília não respirava e era isso que me travava o ar.

Quando cheguei, já a minha mãe fazia o jantar

para os meninos e pus-me na varanda dela a olhar para o chão molhado. Na minha cabeça, havia mais torpor do que outra coisa, e pelo corpo todo uma vontade animal nem eu sabia de quê: chorar, berrar, atirar-me, dormir, desaparecer. A avó chamou-os para a mesa, mas nenhum deles quis comer. Nem insisti, fiquei a sentir-me um pai de merda por não ter nenhuma ideia de como os ajudar naquele dia.

O Paulinho ligou a televisão da cozinha, disse ao Dimas "Não queres ver estes macaquinhos?", mas ele recusava-se a levantar os olhos. Virou-se para o Pedro: "Não queres ouvir os Beatles neste discman? É fixe." Disse à Rita: "Trouxe-te este livro da livraria. Nunca li, mas dizem que é bonito." Eles nem respondiam e a alegria de plástico do meu irmão soava a coisa falsa. Eu sei que a intenção era boa, mas até a voz dele me irritava.

Disse "Eles não querem, Paulo" e, como o tratei assim, ele percebeu que não era para insistir. Não respondeu, mas senti-o pedir desculpa com os olhos, ele que nem tinha agido mal. Tive vergonha por ser ríspido, mal-educado, mal agradecido, mas não tive força para mais nada.

Depois ficámos cada um no seu casulo. Nem eu nem os meus filhos, durante muito tempo, voltámos a falar da Marília. Os meus pais entenderam a dor em bruto e calaram-se para não pegarem lume à chama acesa. A partir daí, foi a descer. Senti-os cada vez mais distantes, tentei inventar estratégias, nenhuma deu em grande coisa, e eu sentia-me sempre em baixa forma. Não me apetecia sequer tentar. Ainda por cima, cada decisão minha parecia bater ao lado, os miúdos cresciam e eu perdia a mão nas coisas.

Aos 11 anos, a minha filha ganhou o hábito de se fechar no quarto a ler. Os rapazes entravam e saíam da sala e ela irritava-se, agarrada a um livro novo ou sempre ao mesmo. Pelo meio, ia rabiscando no seu caderno secreto, guardando-o nos confins que ninguém conhecia, longe da vista de todos, sem hipótese de ser encontrado, entre as pantufas e as botas, debaixo da parte esquerda da cama, lado da cabeça.

Com isto, eu ficava muitas vezes na sala com os rapazes, e chamava-a e ela não ia. Não queria construir um espaço de homens nem que se isolasse de nós por não ter a mãe, mas que podia fazer se ela dizia que não queria? Todos gostávamos de bola, e ela não era excepção, mas às vezes até durante um jogo nos fugia.

Uma vez, a meio de um Benfica-Sporting, saiu do quarto para ir à cozinha. Larguei o sofá, fui ter com ela. Ainda ouvi o Pedro a dizer "Pai, olha o contra-ataque" e ainda vi o Mantorras a correr com a bola, mas já nem quis saber. A Rita enchia um copo de água e perguntei-lhe se andava assim por causa de algum rapaz.

Ouviu a minha voz, mas foi a adolescência que lhe bateu. Notei que o olhar fugiu, a cabeça vazou sem que eu soubesse para onde. Revirou os olhos. "Ai, pai, por favor." Podiam ser saudades da mãe e podia estar apaixonada. Estava sem a Marília havia menos de dois meses e já não sabia o que fazer, já me tinha perdido dos meus filhos.

MANEL

Queria tanto ter uma vida normal. Uma casa maior, uma mulher que não me fodesse os cornos, umas gajas boas por fora volta e meia. Nisso, a vida dos meus pais foi mais fácil. Talvez não tenham vivido um amor à Zé & Marília, mas acho que nunca se fartaram um do outro.

Nunca tiveram grandes discussões, ainda que a minha mãe às vezes desse dois berros em casa. Acho que o meu pai nem os ouvia. Chamava-lhe "Meu pratinho de arroz doce" e ela encavacava-se toda e mandava-o parar com a brincadeira. Os netos riam, ela fazia-lhes cara de má. O meu pai reparava e dizia-lhe "Não tens sentido de humor." Ela chateava-se e respondia "Não tenho sentido de amor, que estupidez."

Quando éramos pequenos, havia muita gente que não gostava do meu pai porque ouvia falar de comunismo, mas em geral era bem visto por ser dos poucos homens que não batiam nas mulheres. A minha mãe começou a gostar de me atirar isto à cara. De vez em quando, tínhamos confusão em casa e a estúpida da Ema ia lá dar-lhe cabo da cabeça. Disse-lhe a mesma merda uma e outra vez, não a queria a chatear a minha mãe, mas ela ia para a casa dela enquanto eu ainda estava na fábrica fazer de coitadinha, virá-la contra o filho. Queria vingar-se, mas aquilo para a minha mãe era um castigo, ter de aturar aquela lorpa. Metia-me nojo por isso e depois ainda se queixava quando eu lhe chegava outra vez.

    Não tinha como não querer dar cabo dela, apetecia-me chegar-lhe por me querer fanar a mãe. Quando reparava que a gaja abria a boca, que a minha mãe sabia o que não devia, queria pô-la no sítio e muitas vezes percebia que a puta fazia de mim fantoche.

    A minha mãe estava mais velha, mais encorrilhada e mais redonda dentro do avental. Quando a via, só me apetecia agarrá-la, dizer-lhe "Minha velhinha, minha mãezinha" como quem pega num bebé, mas ela afastava-me como se afasta um parasita. Eu safava um "Você hoje não está para estas coisas" como se fosse normal não se querer saber de um filho.

    Durante anos, só vi a minha mãe a mandar vir comigo. Queixava-se de mim o tempo todo. Tratava os filhos como filhos e eu era menos do que um vizinho. Não se recusava a ter-me à mesa, mas, uma vez, estávamos só eu e ela, eu ia a meio da canja, estávamos a falar de futebol, eu por acaso mencionei a Ema e ela estourou do nada a olhar para o prato, "Não penses que vou lavar a louça suja!". Eu nem disse nada, nem precisei de lhe perguntar se falava assim com os meus irmãos. Continuei a comer calado, lavei o prato. Sabia que não ser mais minha mãe era um castigo.

    Por causa destas manhas da Ema, fui começando a perder a mão nas coisas. Naquele dia, quis chorar, mas não chorei. Aguentei a porrada que me davam, quis que a minha mãe entendesse, pelos meus olhos, que aquilo era uma injustiça. Eu era o que mais se esforçava e o que menos tinha dela. Fui castigado por não ter tido filhos, por ter saído de casa para ir viver com outra. O Paulo continuou ali a ser um menino, tinham pena do Zé por ser viúvo, davam-lhe atenção por ter três filhos e o Bruno tinha a sorte de estar longe e de ela ter tempo para ter saudades dele. Eu não tinha nada.

Fui para a Galinheira todo fodido com isto. Pouco passava das nove. Àquelas horas, só havia homens sozinhos a beber, homens a quem a vida correu mal. Os outros ainda estavam em casa a jantar com as famílias. De mesa a mesa, cumprimentávamo-nos uns aos outros, mas o bagaço afoga as mágoas, ninguém via o drama alheio. O Fonseca, que era o dono, ia amochando o povo com mais copos, e eu pedi logo dois para não o chamar outra vez. Parecia que toda a gente estava triste, como triste ficava Vizela quando a noite se punha no inverno e só nos restava frio. Ou então era eu que estava triste.

Na mesa ao lado, estava o Cheio a enfardar. Ainda o cumprimentei, mas ele nem uma nem duas. Cheirava a aguardente a metros de distância, e sabe Deus quantos litros caberiam naquele barril de homem. Gordo como um porco viciado em McDonald's, tinha a cara aquecida pela pinga e os olhos húmidos de quem sofre até ao fim. Ia para ali todos os dias chorar por uma gaja.

Todos nos ríamos dele, ninguém levava a sério a dor de um chulo apaixonado. Onde ele via desespero, nós víamos gozo, e claro que parte de nós gostava de o ver a rastejar assim, ainda mais por uma puta, ainda mais do bordel dele, ainda mais depois de, meses antes, ter andado a contar as notas na esplanada à vista do povo todo. Quando a gaja lhe partiu o coração em pedacinhos, já nem queria saber da massa, só se queixava como uma criança que não sabe o que fazer à vida. E, antes de estar como um cacho, pagava rodadas para que lhe partilhassem a miséria, mas toda a gente ria ao vê-lo mais ridículo do que um dono de bar que andasse sempre aos ésses.

Bebi os dois bagaços de um trago e pensei em pedir amendoins, beber mais um, mas o gajo começou a chatear-me. A língua empastelava-se toda na boca e eu nem percebia se também ali tinha gordura. Parecia um leitão com uma dose extra de bacon, gordo, cor-de-rosa, a luzir de quilos a mais, e com um porta-aviões na tola. Virou-se para mim a ver se arranjava um cúmplice.

– São todas iguais, Manel.
– Quê?
– São todas iguais. Só querem disto. – E esfregou o indicador no polegar. – Quando isto lhes falta, não querem um gajo para nada.

Eu não estava para aturar bêbedos e queria lá saber se uma gaja lhe tinha dado com os pés, só o achava um banana por se pôr naquele estado. Se não estivesse chateado, até podia lá ficado a puxar o fio à meada para depois gozar com o Focinho de Toucinho. Ainda por cima, que sabia ele da vida? Tinha fábricas, lojas de roupa, um bordel em Lousada, e toda a gente sabia que fugia aos impostos. Dinheiro ali não faltava, se calhar a gaja não o quis porque ele não sabia erguê-lo.

– Depois não querem saber – continuava ele, como se eu quisesse saber. E depois, feito burro: – Sorte tens tu, que tens mulher em casa.

Os solteiros têm sempre a mania de que sabem o que é a vida, acham que os problemas se resolvem com um anel no dedo. Eu metido com aquela estúpida e aquele gajo enterrado em boa-vida. Eu a trabalhar há anos numa fábrica e ele a gerir, que é como quem diz mandar nos outros. Eu a fumar cigarros dos mais baratos e o filho da puta de charuto em plena praça dia e noite.

O Fonseca meteu-se na conversa:
— Mas, ó Cheio, já tentaste esquecer isso?
— Nem vale a pena.
— Não dá em nada?
— Nunca. Não há nada a fazer. — E bebeu de um trago o bagaço para a sofrer até ao fim.

Falou outra vez, e agora era um herói.
— A vida sem ela é só vazio.

Levantei-me, apesar de querer ficar e beber mais. Ainda estava quilhado com o que tinha acontecido nos meus pais, e saindo dali só podia ir para casa ter com a girafa. Paguei e disse ao Fonseca que aquilo andava caro. Saí porta fora enquanto o Cheio dizia "Já vais, caralho?" e nem lhe respondi.

Dali até casa, era um minuto a pé. Estava frio e apetecia-me ver noite, mas já não tinha nada no bolso. Ia para a sala ver televisão e pronto, mas, quando entrei, já a Ema estava lá refastelada. Ainda teve o desplante de dizer "Isto são horas, homem?" quando eu só cheguei mais tarde por ter ido curar a merda que ela tinha feito.

Sentei-me na minha poltrona, que era a que ficava em frente à televisão. A dela era mais ao lado.
— Vê se te calas, mulher. E traz-me uma cerveja.

Que sejas estúpida é contigo, mas vais parar de ser uma filha da puta na casa da minha mãe. – Não me respondeu. – Ouviste, caralho?

O Freitas chegou e, sem uma nem duas, perguntou:

— Não está por aí o teu irmão?

Estava, mas que tinha ele com isso? Tinha estado sentado ao meu lado e ido à casa de banho, e o Freitas que fosse para o caralho. Chegava aos cafés e achava que era tudo dele, até os irmãos dos outros eram dele.

Disse-lhe que não, apesar de ele ter deixado o blusão na cadeira e de mais ninguém ter um daquela cor. Estávamos os dois sossegados a ver o jogo do Barça e o gajo ainda vinha chatear, meter o nariz na família dos outros.

Reparei que olhou para o blusão e se afastou sem sequer me responder, agradecer. Foi cumprimentar o Cheio e outro, mas nem se chegou a sentar.

O Zé voltou e sentou-se e, ainda antes de pedir mais amendoins, chegou o Freitas de nota na mão. Cumprimentaram-se como se fossem os maiores amigos. "Deixa-me pagar-te um copo", disse o estúpido. E virou-se para mim como quem dá biscoitos a um cão: "Que peço para ti, Manel?" E eu: "Não quero nada." Pagava mal e ainda queria ser finório a dar-me esmolas. Já sem me olhar, disse "Pois, ainda tens o copo cheio" em vez de se meter na vida dele. Armava-se em esperto a pagar rodadas, fingindo que não percebia que durante uns minutos deixava os outros às aranhas. Em qualquer altura, seria suposto que um de nós pagasse outra, e lá se ia o salário de três dias. Esbanjava no café, mas foi sempre o campeão de pagar tostões. Se o Estado não forçasse, ele nunca se chegaria à frente, e depois era Globos d'Ouro no café, com amigalhaços como ele e simpatias com o meu irmão em vez de ir para a puta da mãe dele.

O Zé também me deixava fodido com as liberdades que lhe dava, aquele fascínio incompreensível com o Freitas, "um bom homem", tipo simpático, bom patrão, um unicórnio no meio de burros e cavalos, um filho de Deus entre filhos dos homens, o Maradona da bondade, o *hat-trick* na final da Champions, o gajo mais estupendo que o século XX já viu e o XXI verá.

Lá estava ele a beber uma aguardente. Ainda perguntei "Não queres antes desta?", a apontar para a minha, mais barata. "Esta é mais forte." Sabia lá se era mais forte. E ele: "Não, obrigado." Escolhia aquela.

A família não é escolher porra nenhuma, é o sangue. Não é o sítio para onde vamos, é de onde vimos, e o lugar de onde vimos não nos larga. Apeteceu-me gritar-lhe: "Eu não te largo. Eu sou teu irmão. Ele é um zé-ninguém e eu sou teu irmão. Ele pode ir para o caralho e eu continuo teu irmão."

Quando a Marília estava doente, era eu quem ia à casa dele à noite levar gelados aos miúdos. Quando morreu, vesti a minha melhor roupa, cheguei lá assim que a Ema deixou de me empatar.

Um ao lado do outro, em manada a olhar para a televisão, o Zé perguntou-me sem olhar para mim:

— Como vão as coisas em casa?

Ele sabia que a minha vida era difícil, que aturar aquela gaja lixava a cabeça a qualquer um.

— Que queres que te diga?

— A verdade. — Disse-o com a voz de um velho, por já ser viúvo.

— A verdade? Já sabes como são as coisas.
— Nem por isso.
Bom irmão, queria que eu desabafasse. Eu queria que fôssemos mano-e-mano outra vez.
— Já sabes, ela dá-me cabo da cabeça.
— Ela?
— Sim, a Ema.
— Que te fez a Ema?
— É sempre a mesma merda. — Senti-me embalado, irritado. — Parece que não tem cabeça para nada.
— Ela?
— Pois.
— De certeza?
— Sim, caralho. Ainda hoje...
— Que aconteceu hoje?
— Foda-se para ela. Mete-me uns nervos. Puta que a pariu. A gaja sabe que eu gosto de ter o carregador branco ao lado da mesinha de cabeceira para não ter de me levantar, mas aproveita quando estou fora e pega nele e leva-o para a cozinha.
— E depois?
— Olha, depois tenho de o procurar. Não está onde é suposto e, se ela não estiver em casa, eu é que tenho de o ir buscar.
— E isso dá-te muito trabalho, é isso?
— Pois.
Virou-se para o outro lado e não falou. Senti-o a procurar o Freitas com os olhos. Mas, caralho, era uma noite de irmãos. O jogo tinha acabado, bebíamos os dois. A seguir, ia cada um para a sua casa. Irmãos de sangue, éramos homens diferentes. E eu

tinha de aturar aquele traste, mas sabia que ele sentia a falta da Marília, que para ele era família, e tive pena dele por não haver nada mais fodido do que não ter a família ao lado.

    A vida negou-me tudo o que deu ao meu irmão, mas ele depois perdeu tanto que já nem o reconhecia. Tinha tido a casa, o amor da mãe, três filhos, uma mulher do melhor que há. A Marília tinha morrido, mas ele ainda podia pavonear-se por ter tido uma mulher assim. Mas parecia cansado, tinha olheiras. Magro desde a infância, estava como um pau.

    A pensar que lhe devia custar estar viúvo, tentei ser simpático. Baixei a voz para que os outros não nos ouvissem. O Cheio estava lá perto.

    — Nunca te disse, mas há mulheres em Lousada. Costumo ir com o Joca. Se quiseres, podes vir conosco.

    — O quê?

Ele era um inocente, nunca devia ter ido.

    — O quê o quê? —— Pisquei-lhe o olho.

    — O que é que disseste?

Parecia um menino.

    — Vamos às putas. Não te preocupes, porque hoje pago eu. Dinheiro é o que não falta. — E, com isto, agitei duas notas de dois contos, e até alto, para o Freitas ver. Podia dar uma aguardente ao Zé, mas eu dava-lhe uma mulher de quatro. — E não vamos às baratas, vamos às da casa da Madame, que fazem tudo, refilam pouco. Como mulheres, são uma merda, mas naquilo ninguém as bate.

ZÉ

Fiquei escandalizado por ele achar que, depois da Marília, eu me ia meter com prostitutas. Era de quem não tinha nada na cabeça, e ainda por cima ali ao lado do Cheio, que era a prova de que aquilo não era vida para ninguém: as mulheres fugiam dele como se fosse lepra. E bem se sabia o que se passava na vida dele. O meu irmão também devia saber e, se não soubesse, tinha a obrigação de adivinhar o nojo que aquilo me metia.
— Vem. És viúvo, não deves nada a ninguém.
— Estás maluco? Nem pensar.
— Elas são boas.
— Devem ser. Mas a minha mulher é melhor.
Calou-se porque percebeu o que atingiu.
— Sim, mas tens de andar para a frente.
— Não tenho de andar para lado nenhum.
— Animavas-te.
— Não. E uma prostituta qualquer não me diz nada. — Pausa. — E tu és casado e também não devias ir.
Ele ficou estupefacto a olhar para mim. Parecia que não tinha noção das coisas. Eu tinha-o encontrado por acaso no café. Os miúdos estavam em casa com os meus pais, já tínhamos jantado. Eu quis ir ver a bola, pensar na vida. Como ele estava lá, não tive outro remédio senão sentar-me ao seu lado.
Pedi uma cerveja e o meu irmão pediu vinho. Nunca dispensava o copinho à noite. Nessa altura,

eu já estava habituado e sabia que podia ser bem grande. E não apenas um, mas vários.
 A meio do copo, já olhava para o menu. Perguntei:
 — Vais beber mais alguma coisa?
 — Sim. Ainda não bebi nada hoje.
 — Cheiras a uísque.
 — Foi de estar na tasca, mas não bebi nada.
 Parecia achar que eu era um estúpido que julgava que o cheiro a Jack Daniel's pairava no ar como fumo de tabaco. Ou estava tão bêbedo que nem tinha noção.
 Aquela noite não foi excepção. O copinho tornou-se em três copos e depois o meu irmão quis experimentar a aguardente. Dizia que gostava daquilo, mas nem a tinha na boca tempo suficiente para a sentir. Era droga a deslizar goela abaixo. Tanto lhe fazia que fosse boa ou má, cara ou barata, desde que escorresse depressa e fosse muita e tivesse álcool. Eu bem o via afogar-se naquilo, cedendo ao vício, mas não podia fazer nada. Ainda dei por mim a pensar que pelo menos fora sensato, pedira a mais barata para poupar a carteira à Ema.
 Acabei a cerveja e pedi amendoins só para não ficar especado a vê-lo beber. A meio, um amigo ofereceu-me uma aguardente, porque eu lhe tinha pagado uns rissóis uns dias antes. Pela noite dentro, falámos de tudo, de coisas inúteis, coisas de irmãos. Vimos o jogo do Real.
 Já não sei a que propósito, começou a dizer mal da Ema. A vida dele era isto. Beber como esponja e estar sempre a exigir, faminto de alguma coisa

que não era amor, culpando a Ema por todas as frustrações, inventando frustrações só para a culpar.
 Estava tão doente de álcool que nem entendia o que era para os outros. A regular-lhe o humor, tinha uma roleta-russa. Tanto podia estar feliz da vida como explodir sem mais nem menos. E não dava tréguas. A Ema uma vez contou à minha mulher que, quando ele chegava a casa para almoçar, em vez de dizer "Bom dia", dizia "Caralho para esta merda."
 Sem noção da gravidade, o Manel disse "Continua a irritar-me assim e ainda a mato." E ficou à espera de apoio, que fôssemos irmãos no crime, que eu me chocasse com a tragédia que era ela ter usado o carregador que ele queria. E que fazia assim ou assado.
 Eu tinha acabado de enterrar a minha mulher. Queria lá saber da dele, queria lá saber da vida, só queria saber dos meus filhos. Só queria acordá-la e ser outra vez normal.
 Queria lá saber de tricas de coisa pouca, de discussões, de tudo o que não fosse o único drama que existia. Ouvi-lo era um insulto: a Marília morta e ele a reclamar, semanas depois, de uma porcaria qualquer que não interessava a ninguém enquanto o corpo dela ainda estava quente e os meus filhos pareciam cacos em vez de crianças.
 E depois só tinha ideias estúpidas, só ia pelo caminho errado. Destruía a vida dele e tentava levar-me, achava que um homem normal se metia num bordel. Já não o distinguia do álcool, não sabia se a ideia era dele ou da aguardente. Eu via-o e pensava "És o mesmo ou já és outro?" Tinha de meter demasiada gente no mesmo homem. Ali ao meu lado,

estava o canalha que batia na mulher, o irmão que me ensinara a atacar os sapatos e o bêbedo chato, afável, meloso, a quem nem se podia dar conversa porque ficava pegajoso, sempre a tentar dar beijinhos aos miúdos, sempre a dizer que a família era o melhor do mundo, que eles eram o melhor do mundo, que lhes ia dar uma prenda.

Nesse dia, deu-se um corte. Perante o Cheio, o Manel deixou de ser o meu irmão e passou a ser um bêbedo. E eu vi que já não havia hipótese de ele salvar a própria vida. Condenara-se a ser um barril de homem, não tinha rasgo para dominar o mau humor e nem força para aguentar a fúria. Refugiava-se num copo como quem busca o colo da mãe.

E ainda me chocava o balúrdio que ele gastava em álcool. Começava a manhã com cervejas e Martínis, comia pão com manteiga só para enganar o estômago, o almoço era regado a cafés com cheirinho, voltava para o trabalho a cheirar a bagaço e ainda ia regando a garganta com uísque o dia todo.

Todos os dias, tinha alguma coisa contra a Ema, e essa coisa era ela ser mulher dele. Era como quem comprava um saco de pancada. Sempre que passava, dava-lhe razão de ser ao dar-lhe um soco. No fim da noite, claro, o meu irmão fartara-se de experimentar a aguardente, pagou uma conta grande e seguiu aos tombos para casa.

MANEL

Cheguei a casa e lá estava ela de novo. Sempre a mandar vir com qualquer merda, as horas a que chegava, o barulho que fazia com a porta, o hábito de entrar com as botas molhadas da chuva como se o chão não existisse para ela o limpar e eu não pudesse andar como quisesse.
Tinha parado na livraria para cumprimentar o meu irmão e o meu pai, ainda fiquei lá a insistir, mas não me deram treta. Não sabia que raio se passava, mas o Paulo andava sempre a despachar-me, e para o meu pai estar de trombas comigo já parecia um estilo de vida.
Com isto, quem se enguiçava era eu, e admito que por vezes quem pagava era ela, mas não sou anjinho ao ponto de assumir a culpa toda. Eu bem a via a fazer da grossa de propósito a ver se eu lhe ia às fuças. Quando me via com os azeites, escarafunchava a ver se eu explodia. Quando estava bem disposto, arranjava maneira de me dar cabo do dia.
E pimba, lá estava ela, lindíssima de avental, de mão na anca, toda elegante, a condenar-me:
— As batatas já estão frias.
Eu queria lá saber das putas das batatas. A culpa não era minha por ela ter assumido que eu ia chegar à hora do costume. Ainda por cima, batatas requentadas eram sempre um nojo e ela já tinha cozido outras na véspera.

— Outra vez esta merda? Comemos sempre o mesmo?

— É o que há. Não gostas, cozinha tu.

Gostava de dizer estas coisas estúpidas, de sugerir que eu podia fazer trabalho de mulher e que não tinha outra vida que não fosse descascar batatas.

— Não sejas lorpa, mas é.

Sentei-me a comer, estava uma merda, mas eu estava com fome e comi até ao fim. Depois, nem uma sobremesa havia. Volta e meia, para disfarçar o mau serviço, a Ema metia uma fatia de melão ou um iogurte na mesa. Parecia que gostava de viver como um animal, que não percebia que o que se aceita em criança já não serve para um homem. Nesse dia, nem a porcaria de um disfarce.

— Ou seja, nem um pudim, não é?

— O que não falta são pudins na Fina. Queres um, vais lá buscá-lo.

— Pois, pior do que aquela coisa mirrada que costumas fazer não há-de ser.

Aqui, admito que menti. Ela até era razoável a fazer doces, mas era preguiçosa, fazia-os pouco. Em termos de limpezas, estava acima da média, mas em doçaria, pela má frequência, não passava de um "bom menos".

Não respondeu, levantou-se, pegou nas chávenas de café. A máquina já estava ligada a aquecer a água. Carregou no botão e deixou cair o princípio por saber que eu não gostava. Meteu as duas chávenas em pires e, antes de as pôr na mesa, pôs açúcar. Idiota como era, em vez de deixar uma colher no frasco do açúcar, usava a que seria usada para o mexer, e à segunda colherada já o frasco tinha manchas de café. Como era sempre assim, o açúcar estava bom para um leitão que quisesse cafeína.

Comecei a beber. Estava amargo. Nojento.
— Quantas colheres puseste?
— Duas.
— E no teu?
— Também.
— És estúpida? Sabes que eu gosto de três.

Sabia. Ela *sabia* que eu gostava de três. Tinha tirado o dia só para me foder os cornos. Eu não percebia o objectivo de se estragar o dia a alguém, mas a gaja não servia para mais nada. E andava a ficar empertigada, de língua solta, sempre a desafiar-me, armada em esperta.

Levantei-me, peguei nela pelo colarinho, cheguei-a à parede.
— Estou... a ficar... fartinho... desta... merda.

A cada palavra, a cabeça bateu na cal. Sangrou. A Ema começou a chorar como se aquilo fosse o apocalipse, enquanto gritava como uma histérica, "Larga-me, larga-me!"
— Estamos entendidos ou não?

De olhos no chão, soluçava e dizia:
— Estás como um cacho outra vez.

E eu nem sequer estava bêbedo. Cabra estúpida. Fazia merda e a culpa era dos outros. Berrei:
— Estamos entendidos ou não?

Não respondeu. Perguntei uma e outra vez até que, numa voz sumida, ela disse que sim.
— Espero *mesmo* que sim. Estou farto de não ter isto nos eixos.

Levantei-me para sair. Com a ida à livraria, já estava atrasado para o trabalho e irritei-me outra vez por pensar que tinha de andar da perna e ia chegar lá todo suado. A Ema, entretanto, já tinha deslizado para o chão para enfeitar o drama. O sangue estava empapado no meio do cabelo, espigado como palha de aço, mas a parede era branca.

— Vê se passas detergente e lixívia nessa merda.

Virei as costas e fui à minha vida.

O dia passou-se como os outros, só ao chegar a casa ao fim da tarde é que vi que aquilo tinha dado problemas. Qual não foi o meu espanto ao perceber que a idiota nem sequer tinha ido trabalhar. Tinha pedido ao filho da vizinha, como se as fuças dele tivessem que ver com as nossas vidas, para ir ao banco dizer que ela tinha caído e não ia para o serviço. Que vidinha fácil, ter uma ferida da treta e passar a tarde em gazeta. E o pior é que, em vez de ficar em casa a ver a novela, aproveitou o facto de eu estar como um mouro na fábrica para me quilhar pelas costas forte e feio.

Feita donzela em perigo, lá foi ela com o seu sangue por limpar fazer queixinha à sogra. Chegou lá, armou um escarcéu, fez um ai-Jesus, chorou, tramou-me à grande. Depois de fazer a cabeça à minha mãe, não sei bem como, conseguiu meter o meu irmão na peça. O Paulo foi na cantiga e ainda teve o desplante de ir à polícia. Quem o viu dirigir-se lá como uma bala relatou que ia com pressa, zangado como no meio de uma guerra. Imagine-se o horror que seria, um irmão a espetar a faca noutro. À última,

lá não quis ser Judas — ou Caim — e resolveu fazer-me uma espera em minha casa. Quando lá cheguei, ainda se tinham juntado o Gusto e a mulher. Entre marido e mulher, em vez de uma colher, metia-se um serviço de cozinha inteiro.
    Calmamente, disse, bem educado:
    — Boa tarde.
    Foi o que bastou para o meu irmão explodir. Até lhe ficava mal.
    — Boa tarde? Boa tarde, foda-se? Boa tarde?! Este gajo só pode estar a gozar. Boa tarde?!
    Estavam todos na varanda, incluindo a Ema, armada em criança protegida, e eu cá em baixo, sem saber se devia subir as escadas. As escadas da puta da minha casa. O Paulo continuava:
    — Este gajo regula das ideias? Este gajo tem algum neurónio na cabeça?
    Ficava-lhe mal ofender um irmão. Ficava-lhe mal trair-me em frente a um estranho. Ficava-lhe mal meter vizinhos no meio da nossa vida, até porque o burro já se tinha sentido na liberdade de mandar bitaites sobre isto:
    — Ele não fez por mal. Estava com copos. De vez em quando, berra um bocado, mas já se sabe como é. Cão que ladra não morde. Esquece isso, Paulo, ele hoje não faz nada.
    — Não morde, caralho? Não morde? Já mordeu!
    E apontava para aquele cabelo empapaçado como quem mostra uma taça, e a gaja ali ficou a fazer o papel de vitrine. Nem com o homem dela sabia ser leal.
    Durante uns segundos, calou-se. Olhava para a Ema, para o Gusto, para a mulher dele, para mim.

Nem sequer questionava que ali estivessem a meter o nariz. Não percebia que não era assunto deles. E, já agora, que também não era assunto dele. Doeu-me julgá-lo um mau irmão, que não soubesse ser família na saúde e na doença.

 E então parou só a olhar para mim. Nunca vi coisa assim, um corte de x-acto com quem o tinha sempre protegido. Em vez de irritação, havia ódio. As veias saíam-lhe do pescoço, os olhos pareciam os de quem me ia comer. Do nada, desatou aos berros:

 — Seu cobarde, bates na mulher. Ninguém dá nada por ti, mas bebes a merda de um bagaço e já te achas um homem. Faz-te mas é um homem que não bate na mulher. Comigo não te metes tu, por saberes que te partia os dentes todos.

 O choque, a dor. Nem dava para entender aquela merda. Como foi possível? Quem era aquele? Que tinha acontecido à minha vida? Como é que eu tinha deixado que a gaja me fodesse? Aquele era o meu irmão mais novo, para quem eu tinha sido rei, para quem eu tinha sido tudo. Tentei abrir-lhe os olhos, fazê-lo entender que ela é que lhe tinha dado a volta aos miolos.

 — Ela gosta de levar porrada. — A mulher do Gusto reagiu, numa espécie de guinchinho estúpido, igualzinho ao da Ema. E acrescentei, antes de que me fossem às pernas outra vez: — Se não gostasse, não fazia por isso.

 O Paulo ia descer as escadas, mas o Gusto agarrou-o. Parecia-me impossível que estivesse disposto a bater-me.

 — Pareces louco, Manel. Pareces louco! Não

percebes mesmo que tu é que gostas de a dar? Absurdo, ridículo, bizarro. Ele era mais novo e eu nunca lhe tinha posto a mão. Não entendia por que caralho é que falava comigo como se eu lhe tivesse feito alguma coisa, como se eu não tivesse sido um irmão mais velho, como se não tivesse podido confiar em mim desde que nasceu. Já se tinha esquecido do Racha? Eu parti a cabeça a um gajo só para o meu irmãozinho pequeno não ter medo. Décadas depois, o gajo cruzava-se com o Paulo na rua com uma cicatriz na cabeça que significava que estava abaixo dele e, coincidência ou não, nunca mais se armou em esperto.

Caralho. Jogávamos à bola na rua, éramos rapazes como os outros. O Paulo, coitado, muitas vezes só andava atrás de nós, e nós protegíamo-lo porque era o nosso irmão. Levávamo-lo connosco porque era o nosso irmão, porque era igual a nós, mesmo que ainda fosse pequeno e não tivesse força e atrapalhasse mais do que jogava. Ensinámo-lo, ajudámo-lo, e eu sendo o mais velho tinha mais obrigação. Nunca me furtei, ajudei-o a ser quem foi. Nunca lhe faltei e tive de aturar aquela merda. Fiz dele um homem, e ele armou-se em homem comigo, tentou fazer de mim um puto. Tentei pô-lo acima de todas as coisas, mas como caralho podia perdoar quem me traía?

A polícia que se metesse na puta da vida dela e os meus irmãos que tivessem noção de que, antes da gaja, já nós éramos uma família. Mas parece que para gente como eu não há domingos. A vida corre mal por uma merda qualquer e de repente somos traídos pelo sangue. A raiva dos meus irmãos era um corno espetado nas costelas. Faziam-se de mais sérios mas não eram mais filhos do que eu. Tratavam-me como uma coisa à parte quando eu tinha sido o primeiro a chegar, e ainda deixei que me roubassem a mãe. E nem questionavam o que ouviam, deixavam-se ser burros e viravam-se contra mim. Bastava olhar para ela para se ver que alguma coisa estava errada, sempre com aquele cabelo de vassoura, com mãos tão gretadas que nem eram mãos de mulher. Mulher? Ela nem uma casa sabia gerir. Quando cheguei à cozinha, nem tinha lavado aquela merda. E eu bem sabia o que era viver com aquela gaja, com aquelas bebedeiras noite e dia. Era uma vergonha estar casado com uma garrafa de vinho para temperar do supermercado Liz. E eles punham-se contra mim como se fosse ela a ter azar.

ZÉ

Quando cheguei a casa, parecia que a vida estava louca. O meu irmão estava com a mão encostada à campainha, a tocar sem parar. Vi logo que a minha mãe se tinha recusado a abrir-lhe a porta e ele carregava no botão sem perceber que a torturava. Na cabeça dele, devia fingir que ela não o ouvia, não que não o queria ali.
— O que é que estás a fazer?
Foi como apanhá-lo em flagrante.
Hesitou.
— Acho que a campainha está avariada.
Sabíamos que não. Ambos a ouvimos enquanto tocou. Disse-lhe "Não me parece" e até fiquei com pena dele. Era, de repente, o menino perdido sem a mãe.
— Talvez seja melhor ires embora.
Trincou o lábio, furioso, e pôs-se a vociferar como um maníaco. Que nem pensar, que a mãe também era dele, que era o que faltava, que tinha direito de a ver. Fiz uma pausa para amaciar o terreno.
— Mas eu acho que ela não quer, Manel.
Foi como pôr álcool na ferida e a seguir chegar-lhe fogo.
— Não quer? Claro que quer. É minha mãe, eu sou o primeiro filho dela, claro que me quer ver. Ainda tu não tinhas nascido, já ela me queria ver. Quero ver a mãe, caralho.

Eu bem via como lhe custava que a nossa mãe o pusesse de lado pela nora, o problema era ele insistir na figura de injustiçado, não entender que as coisas têm consequências. E não entender, sequer, que um homem não pode cobrir a mulher de porrada e esperar que o mundo lhe sorria e o abrace.

Ao longo do tempo, a minha mãe foi notando a pele amassada da Ema. Das primeiras vezes, como os outros, engoliu-lhe as desculpas fracas: tinha caído das escadas, tinha batido com a cabeça na prateleira, tinha tropeçado no tapete. As desculpas começaram a repetir-se e a minha mãe lá começou a dizer: "Não me parece que sejas assim tão despassarada." Aquelas eram as mentiras de todas as mulheres e ninguém se aleijava tantas vezes, por isso foi impossível fechar os olhos. Era uma questão de deixar acontecer ou evitar. Nessa altura, toda a gente sabia que a mulher de um médico também levava pancada, mas como era um senhor doutor ninguém dizia nada, embora – eu bem o via – o Paulinho não lhe passasse cartão quando o gajo ia comprar o jornal à livraria.

A minha mãe recusou sempre fingir que não se passava nada. Não repartia sequer as culpas entre os dois, achava que a culpa era toda dele – e era. Quando nos juntávamos, estalava ao mínimo cheiro a álcool, gritava-lhe "Devias ter vergonha na cara, seu palerma." Não era só raiva, era desprezo. E se até a mim custava ver-lhe o nojo por um filho, quanto mais a ele.

A mãe desistiu do filho, mas o filho continuava apaixonado pela mãe. Era difícil perceber que era tudo o mesmo homem: num dia, um cão raivoso a querer meter o dente em sangue; noutro, um cachorrinho de ninhada que só quer calor de mãe. E, como só lhe restava amá-la e o amor dela seria a única redenção possível, continuou a tocar à campainha e a tocar. Eu dizia-lhe que parasse e nem me ouvia. E fiquei ali ao lado porque sabia que, se pegasse nas chaves para entrar em casa, ele iria forçar a entrada e aparecer à frente da mãe que não o queria.

Insistiu até vergar. A minha mãe chegou à varanda, toda fúria. Nem olhou para mim.

– Que é que foi, caralho?
– Como é, mãe? Está tudo bem?
– Sai daqui para fora. Não me chateies a cabeça. Tenho muito que fazer.
– Não me deixa entrar, mãe?
– Sai daqui para fora, já te disse.

E virou as costas, deixando-o a boiar na rejeição. Como quem se expia na humilhação, o meu irmão tocou mais uma vez.

Antes do jantar, a Ema chegou lá. Tocou e a minha mãe abriu a porta lá de cima sem sequer ir à varanda. Estávamos os dois na sala, ela a coser uma camisa, eu a ler *A Bola*, os miúdos pela casa a armar o pandemónio do costume. Só o Dimas estava quieto a fazer os trabalhos de casa. A Ema, que era mais ou menos da minha idade, parecia mais velha do que eu, ou talvez fosse só uma mulher mal arranjada. Era impossível imaginá-la ao lado da Marília, e eis-me ali a fazer comparações. Assim que chegou, pôs a sua malinha de senhora na mesa com toalha de linho bordado, que desde sempre era um saco de plástico da Delta, agora cosido nas bordas.

    Depois de abrir a porta, a minha mãe voltou a sentar-se à mesa de costura, mas nem olhou para a agulha. Esperou que a Ema se sentasse na cadeira ao lado do telefone e foi logo a pés juntos.

    — O que é que ele te fez?

    A Ema empacou.

    — Como é que sabe? — Sorriu, como quem disfarça.

    — Pela maneira como tocaste à campainha. E pára de sorrir, caralho. Não tens vontade nenhuma de sorrir.

    Foi só mais uma entre tantas. Já na semana anterior tinha sido igual. Ele irritado porque ela fazia qualquer coisa ou então irritado porque não fazia nenhuma. Tudo era pretexto e quando não havia pretexto também dava. Contou que, nessa manhã, ele lhe tinha despejado a meia de leite no ralo antes de lhe dar tempo de a provar.

    — Mas nem é por aí. Isso nem me aflige. Já há coisa de um mês fez igual.

    Eu chocado, a minha mãe chocada, mas chocávamo-nos porquê? Já sabíamos que comigo era um irmão, que naquela casa era um filho, mas que na dele era uma besta. Metia-me nojo que lhe batesse, mas era de malucos pensar que o fazia porque ela lhe punha pouco açúcar no café.

    — Porque é que não me contaste? — perguntou a minha mãe.

    — Ia contar para quê? Depois vós dizíeis-lhe e eu ainda levava mais.

Isto até dava vontade de chorar, mas o que mais me preocupava ali era o Dimas sossegado a um canto. Estava de auscultadores, não parecia ouvir, mal cumprimentara a Ema. Eu tinha vergonha do que o meu irmão fazia, mas também tinha medo de que os meus filhos descobrissem. Enquanto o Manel fosse apenas o tio chato e bêbedo, já não era mau de todo.

Olhando para a Ema, só se via o fim de linha. Ele sempre furioso com ela como se tivesse sido obrigado a destruir-lhe a vida, e depois revoltado por ter dado cabo de tudo. Ela a tentar roubar o sol aos dias, alimentando-se de ninharias. Pedia um coquinho na Fina para fingir o que não era. Nem sequer gostava de coco.

Naquela altura, já era difícil refazer os passos, encontrar um momento crítico a que pudéssemos voltar para resolver tudo. Mesmo depois da quinta ou sexta vez, ainda achávamos que havia limites, que nunca ia dar para o torto, apesar de já ter dado, e agora habituávamo-nos àquilo como traços gerais da vida, ninguém tinha ideia de como pôr um travão. Nos primeiros anos, eu via-o irascível com a Ema e mesmo assim julgava que ela mentia porque o meu irmão não era homem para bater. Ela sim, toda bêbeda, meio tola, parecia ser mulher para mentir. E eu percebia-lhe o ódio, e até o entendia, mas irritava-me. A vida não podia ser apenas raiva.

Anos depois, queríamos acabar aquilo como por magia, embora no fundo sentíssemos que tinha de haver uma punição. E, ao mesmo tempo, era inconcebível darmo-nos ao luxo de pensar que ele merecia ser punido. Numa família, não cabem conceitos como vingança ou justiça. Numa família, é-se unido apesar de, contra o que houver. Defendemos o sangue porque o sangue somos nós. Não deixamos nenhum cair porque vivemos uns nos outros, porque quando um cai todos se aleijam.

Crescemos os quatro juntos, mas somos os quatro diferentes. O sangue aproxima-nos por um acaso. Sei que, se não fôssemos irmãos, não seríamos amigos, excepto eu e o Paulinho. De resto, só nos une o passado comum e sermos filhos da mesma gente. Mas a infância funciona assim e intrincou-nos na vida uns dos outros para sempre. Crescemos um para cada lado, mas sempre dentro da mesma bolha.

Obrigamo-nos a gostar uns dos outros, e aturamo-nos, e não faz mal que nenhum traga nada de bom ao mundo. Basta que existam para que tudo pareça ter sentido. À distância, é tudo a preto e branco, mas as coisas são mais duras quando estamos dentro delas.

À noite, enquanto as batatas coziam, os meus filhos jogavam à batalha naval na varanda. Ao lado de casa, os cães aproximavam-se dos sacos do lixo do talho, desfazendo o plástico, roubando a carne crua, que pouco mais era do que ossos ou bocados de gordura. Em minutos, fazia-se ali uma lixeira a céu aberto, cheia de mais cães à procura de mais ossos, a roer o plástico e a soltar o cheiro de coisas velhas e sem uso.

Perante isto, a vida como ela era. A Rita perdia o jogo, virava-se para o Pedro:

— F-f-f-f-i-i-i-i-i-z-e-e-e-s-t-e b-b-b-b-b-a-t--o-o-o-t-a.

— É, fa-ço-ço s-s-empre ba-t-t-o-ta.

Intervim.
— Rita, pára com isso.
E a língua como faca na manteiga:
— O Pedro é que fez batota, eu ia ganhar.
— Pára de gaguejar.
— P-p-p-or-q-q-q-uê? Eu t-t-tam-b-é-e-e-e-m g-g-g-ague-e-e-e-jo.

Fazia isto só para imitar o irmão. Como ele era mais velho e meio gago, ela também queria ser.

Ao jantar, o Dimas disse aos outros: tinha ouvido a Ema a queixar-se outra vez. Os irmãos encolheram os ombros porque era informação usada. Tive de justificar sem dar a mais.
— O tio Manel às vezes faz uma coisa muito feia.
E a minha filha:
— O quê, bater à Ema?
Estaquei, depois safei:
— Não, ficar bêbedo.
Eu nem sabia que os meninos já tinham reparado.

MANEL

Ainda hoje não consigo evitar pensá-lo. Puta que a pariu. Fez-me perder tudo, deu-me cabo da cabeça, e mesmo morta ainda me quilha.

Perdi anos da minha mãe. Mesmo quando estava, não estava lá para mim. Chegámos para o jantar, era o aniversário de um dos miúdos. Estava tudo bem disposto, a Ema embrulhou um carrinho, mas até naquela merda parecia meio alonsa.

— Verde, mulher? Quem é que quer um carro verde?

— Quer ele, que diz que agora é do Sporting.

— Do Sporting, caralho? Ninguém é do Sporting.

Era estúpido, porque ela bem sabia que éramos todos benfiquistas, mas não estive para me enervar por causa dela. Não lhe dei corda, estava contente porque íamos estar todos juntos, comer bolo, beber uma pinguinha.

O meu irmão abriu-nos a porta, havia enfeites de papel por toda a casa, e ainda tive de pôr um chapeuzinho. Não me importei, pelos meus sobrinhos faço tudo. A Ema também pôs um, ficou ridícula.

Subi as escadas, a mesa da sala estava posta, fui cumprimentar a minha mãe à cozinha.

— Olá, mãe.

E ela continuou a fritar rissóis. Nunca mais senti aquele cheiro a gordura a estalar sem pensar

nela de avental, mãe de nós todos.
— Olá, mãe – repeti.
Nem levantou a cabeça. Subiu-me uma angústia, fiquei logo ansioso.
— Não me fala?
E ela, ainda metida nos rissóis:
— Não.
E constatei.
— Não me fala.
Os segundos seguintes não trouxeram milagres e por isso forcei o que havia para forçar.
— Posso saber qual é o problema?
— Não.
Dessa vez, disse-o a olhar para mim. Parecia o Paulo naquele dia na varanda — apenas fúria. E eu fui da alegria à tristeza. Vi-me espelhado no microondas e senti-me tão ridículo quanto a Ema por ter aquele chapéu de criança a dar-me aquela figura de homem tolo.
— Vejo que está ocupada. Vou para a sala ver os meninos.
E os meninos estavam lá a pegar uns com os outros, o Dimas todo contente a dar de beber a um Tamagotchi. A Ema tinha ido guardar o meu casaco e estava a dizer ao puto "Trouxe-te um brinquedo ainda mais bonito." Mandei-a ir ajudar a minha mãe e ela foi.
Passei o jantar calado. Custava-me que ela não quisesse a minha voz. Só tinha atenção para os netos, para o Zé, para o Paulo. O meu pai comia enquanto ensinava qualquer coisa às crianças – e elas caladas, sem quererem saber da vida de um russo. O Zé acabou de comer e a minha mãe largou o próprio prato,

pôs-lhe mais arroz de frango. Eu acabei de comer e ela nem notou.

A vida estava assim. A minha mãe via os meus irmãos e eu já não existia. Estar sem estar ainda era pior do que não estar. E a minha família até com a gaja falava. Naquela mesma sala, tinha acontecido tanto durante tantos anos e agora parecia que só havia pó. Parecia que a vida não tinha servido para nada.

Tinha sido ali que eu tinha partido um jarro, ainda o Paulo não tinha nascido, e o Zé já não me lembro. Horas depois, Vizela em peso estava na rua a ver se me encontrava. Os bombeiros tinham sido chamados, multidões mergulhavam à vez no rio. Era quase de noite e no escuro já não dava. Por todo o lado, berrava-se o meu nome e havia quem metesse paus compridos no rio a ver se batiam em carne. Nada: só terra, pedras, água e lixo. Seguiam a corrente a ver se me tinha arrastado o corpo. Nada: só árvores caídas, galhos desfeitos, lama. Como Vizela cabia num bolso, se ninguém me encontrava, julgavam que um malandro me tinha levado.

A minha mãe, sem saber de mim, chorava, aflita. As irmãs tentavam acalmá-la, mas só conseguiam enervá-la. Entre entradas e saídas, cortou-se num dos cacos que estavam na sala e nem um ai, só queria saber do seu menino. Desconsolada, gritava, pedia a Deus, "O meu filho, o meu filho, por favor, o meu filho." O filho dela era eu.

A minha avó, vestida de preto, andava entre os quartos e a varanda com o rosário enrolado na mão. Por vezes, parava no altar que a minha mãe tinha construído aos santos e rezava. Sentou-se então na minha cama e pôs-se a chorar baixinho enquanto dizia um terço. A sós, lá disse o que doía: "Ai o meu netinho. Se eu soubesse que isto ia acontecer, tinha-o levado comigo para casa."

Lá abri a porta do guarda-vestidos onde me tinha escondido o tempo todo, e até me senti mal por ela. Tinha ido para ali porque não aguentava a tristeza da minha mãe pela asnada de um filho. O jarro que eu tinha partido tinha sido da mãe dela.

Já em criança, só queria saber da mãezinha. A vida não era o que é hoje, e ela vergava a mola para poder criar os filhos Antes disso, levantava-se às cinco da manhã para criar os irmãos. Tirava da boca para lhes dar, e eu quis ser sempre bom para ela, dar-lhe mais do que o que pudesse ter na boca. Sonhava ser rico para fazer dela rainha com empregados e dinheiro para desperdiçar em coisas soltas, para me desculpar pelas noites que passou a pé para nos meter mel pela garganta abaixo quando tínhamos tosse.

O único defeito dela era não ser apenas minha. Mas eu fui o primeiro filho, é bom saber. Sempre gostei de imaginar os outros como cães perdidos sem coleira, rafeiros, e eu o menino preferido da mãe. E bom menino, a tomar conta dos irmãos. Tinham-se esquecido de quem éramos e essa traição nem nojo dava, era mesmo só desgosto.

E aquele traste ali a comer arroz de frango como se fosse igual a nós, e a minha mãe a falar com ela e a aceitá-la. Ela no meio dos meus sobrinhos, eles ali com ela, e a minha mãe cada vez mais longe de mim por eu ter sido tapado ao ponto de casar. Ainda por cima, no início nem tinham gostado dela. Na altura, até me deu vergonha na cara andar com aquilo. Como os quatro somos um, vi-a como eles a viam – parola, suja com o óleo dos fritos, mal vestida.

    Não me faço de santo, mas pela minha mãe faria tudo. Nisso sou igual aos outros todos. Em cada mulher do mundo está um monte de entulho que nunca lhe chegará aos calcanhares. E o Paulo, que ali estava, não percebia esta merda? Todos os dias pegava nas meias que ela brunia sem ver que o que vinha dela não podia ir para dentro de um sapato. Todos os dias a tinha ali tão perto, e ela esperava sempre por ele para o jantar, e ainda fazia robalo muitas vezes porque sabia que ele gostava de o comer com batatas. Todos os dias lhe dava a sopinha à boca. E o Zé, que ali estava, percebia que tinha feito pouco e recebido mais do que eu? Olhavam para mim de cima, fodidos comigo, como se o canalha fosse eu, e nunca admitiam que tinham a vida que eu merecia.

    O Paulo também bebia e ali estava ele, vinho verde atrás de vinho verde. Já tinha comido rissóis, já os tinha mandado abaixo com um copo. Ele só tinha a sorte de ficar contente, falar alto e não ter mulher em casa. Vi-lhe as bochechas coradas e ainda me lembrei dele em criança, com a camisa metida nos calções segurados por suspensórios e os sapatos pretos pintados com *spray* vermelho de parede. O meu irmãozinho estava um homem, o meu irmãozinho era aquele homem? Pouco tempo antes, tinha olhado para mim cheio de nojo. Enquanto comíamos, tive vontade de chorar, mas ainda mais de recuperar o meu irmão. Não percebia que raio lhe tinha acontecido.

Para nos unirmos, perguntei-lhe se tinha visto o jogo do Benfica. Respondeu que sim e não me deu conversa, ele que adorava dizer tudo de um jogo, e eu fiquei sem nada a que me agarrar. Qualquer coisa que dissesse seria apenas madeira podre a afogar-se num naufrágio e o meu irmão nem quis saber. Virou-se para o lado, perguntou ao Dimas o que é que o Tamagotchi comia. Até à sobremesa, fiquei no meio deles a comer sozinho. E depois dessa vez foi o que foi, nunca mais fomos.

ZÉ

Caiu-nos no osso. Como ninguém estava à espera, ninguém soube o que fazer. Era quase fim de tarde — adultos no trabalho, filhos mais novos na escola. E em casa estalou a tempestade. O sol ardia lá fora, os reformados ocupavam os bancos do jardim e a minha mãe encontrou o Paulinho deitado no chão do corredor. Tão atazanada ficou, nem conseguiu pedir ajuda, mas gritou tanto que o Pedro a ouviu e correu logo.

Os bombeiros vieram depressa, o posto era duas ruas acima. Meteram o meu irmão numa maca e a minha mãe foi com ele na ambulância. Lá dentro, os paramédicos tentavam reanimar o Paulinho, mas nada no corpo reagia. Pararam em Nespereira para lhe injectarem ar e, quando chegou ao hospital, já estava morto. Estacionaram à entrada das urgências, mas foi para a morgue que o levaram, e pouco depois voltaram atrás para deixarem a minha mãe, com falta de ar, falta de filho.

Entretanto, o Pedro avisou toda a família e fomos para Guimarães. Preocupados com a minha mãe, nem processámos que o Paulinho estava morto. Às nove da noite, a minha mãe teve alta e levámo-la para casa, deixando o meu irmão ali sozinho, baixamente tratado como um morto, posto ao lado de três mortos, enfileirados numa câmara fria para que não se decompusessem. Era sexta-feira, não fariam autópsias nos dois dias seguintes, e nós ficámos num estado de nem sim nem sopas, sem vida ou morte, apenas medo.

Ninguém dormiu naquela noite. Na casa dos meus pais, estava Vizela inteira. Uns queriam velar o morto, outros saber os pormenores. Mas nem nós os tínhamos. Só sabíamos que o impossível tinha acontecido e havia, mesmo assim, quem insistisse nas perguntas. De início, o Bruno ainda respondia, mas começou a ficar irritado. Lembro-me dos olhos de animal perdido e de o ver com uma perna eléctrica, como lhe acontecia sempre que não controlava os nervos.

Ficámos o fim de semana fechados em casa. As pessoas apareciam e cada uma dava o seu conforto: umas frases feitas, outras comida, nenhuma nada que importasse. Pelo meio, metiam-se à frente da minha mãe, que cada vez chorava mais, ainda que amortecida por calmantes, até que o Bruno foi para a porta mudar as intenções ao povo. Só deixava entrar quem garantisse que não lhe falava com a mãe, mas, subidas as escadas, as promessas caíam e a minha mãe carpia o tempo todo.

A sós, fui para o quarto do Paulinho. Ainda existia em cada canto. Seria possível que já não estivesse lá? Cheirava a laranjas, a cigarros e ao *after shave* que ele usava. Laranjas frescas sempre foram o seu perfume; agora só num frasco estaria o seu perfume. Vi-lhe a colecção de selos, mania de homem solteiro, e mexi-lhe nas gavetas. Numa delas, havia correspondência do PS — e dentro de mim o espanto ao sabê-lo filiado. O meu irmão vivera sem que eu soubesse em quem votava.

Confuso, peguei-lhe no telemóvel e li-lhe as mensagens todas. Se o voto me surpreendera, que dizer do choque de ler aquilo? "A que horas vens, amor?", "Foi tão bom ver-te", "Estou cheia de ter de fingir que isto não existe." O meu irmão andava com uma mulher casada. Dela, só sabia que trabalhava no dentista e que o homem, médico, lhe batia volta e meia. Disse-o ao Bruno, que ficou tão chocado quanto eu. Até um irmão, ao partir, deixa mistérios.

Telefonei à mulher do telemóvel do Paulinho. Atendeu ao primeiro toque.

—Ai Jesus, julguei que estavas morto.

Respondi só:

— Sou o irmão.

Foi o que bastou para um desvario de gritos. A morte começava a ganhar espaço.

Desliguei pouco depois e ela pôs-se a mandar-lhe mensagens para o telemóvel, "Amo-te muito, meu amor", "Que vou agora fazer sem ti?", "Não vou esquecer nada do que me disseste", "Descansa em paz, Deus te acompanhe", "Por que é que me deixaste aqui sozinha, meu cabrão?", como se não soubesse que era eu quem estava a lê-las.

Na segunda-feira seguinte, ainda não tínhamos resposta. Sem autópsia feita, continuámos no lugar impreciso do luto sem um morto. Como não fazia sentido que tivesse morrido, só nos parecia que o Paulinho não estava lá, e eu e o Bruno ainda demos por nós a resistir, a adiar a dor em bruto. Esperávamos que o nosso irmão chegasse e nos explicasse a confusão.

Na terça-feira, fui com o Bruno ao hospital. Entrámos numa sala escura que cheirava a desespero.

Havia quatro cadáveres em macas, tapados por lençóis. O médico descobriu um e, afinal, não era um corpo. Era o meu irmão que estava ali deitado.

O meu irmão morto era de cera. A pele parecia mais dura: em vez de gente, parecia apenas carne. Não lhe tinham fechado as pálpebras e ele ficara de olhar especado e cego. O médico perguntou-nos se era aquele o nosso irmão, mas nenhum de nós pôde falar. Não conseguimos responder, porque não podia ser o nosso irmão. Ele não seria homem de morrer assim, de nos deixar para trás sem querer saber.

O médico deu-nos duas pancadas nos ombros e afastou-se. Ficámos ali em choque a fitar os traços daquele homem deitado. A barba não tinha crescido. Não cheirava a perfume. Estava sem óculos. O cabelo estava esticado para trás e a bata em que o tinham metido era ridícula. Onde estava o nosso irmão?

O silêncio da morte ocupava tudo. O ar era quente e o que nos entrava no peito sufocava. O médico voltou para perto de nós, disse:

– Uma das artérias coronárias entupiu.

Ficámos a olhar para ele como se tivesse falado chinês ou vietnamita ou aramaico.

– Houve um enfarte agudo do miocárdio, estenose das coronárias.

Nós calados. Ouvia-se um ruído de uma máquina qualquer.

– Ou seja, houve deposição de lípidos no endotélio das artérias.

O Bruno perdeu a paciência, sem sequer olhar para ele:

– Que caralho é que este filho da puta está

para aqui a dizer?

E o médico, olhando-o a direito, disse aquela frase que não chegou a explicar nada:

— O seu irmão teve um ataque cardíaco.

Fomos para casa em silêncio, agora quase com a certeza de que o Paulinho estava morto. Contámos à minha mãe e o som que dali saiu não nos coube nos ouvidos. Também ela deve ter percebido que a morte era de vez.

Depois era preciso escolher um fato para levar à funerária. O meu irmão não tinha gravatas, tínhamos de pegar numa do meu pai, que se fechara no quarto o tempo todo a fumar cigarro atrás de cigarro. Batemos à porta e ele nada. Abrimo-la a medo e lá estava ele, a silhueta imóvel à janela contra o céu, empoleirado num parapeito cheio de beatas mortas. Tinha a cabeça encostada e os olhos a pender para o chão, para muito longe. Dissemos-lhe que precisávamos de uma gravata e ele "Leva, leva", sem nos ter ouvido. De olhos perdidos na paisagem, tentava entender o que significava a morte de um filho.

Pegámos na roupa e seguimos para a morgue. O homem da funerária disse-nos que iam vestir o meu irmão e que podíamos esperar por ele na capela de S. João. Voltámos para Vizela. O carro seguia entre outros carros, as pessoas faziam as suas vidas e o mundo continuava, indiferente ao facto de ter deixado de existir. Tinha tudo acabado e tudo seguia mesmo assim. O meu irmão morto. O meu irmão morto.

Na capela, ficámos à espera do Paulinho. Não demorou, mas veio dentro de um caixão. Puseram-no

numa sala e o cheiro das flores em cima de carne sem vida não mais saiu de mim. Ainda parecia menos ele.
    Toquei-lhe. Que horror. As mãos pesadas e lentas, frias e inertes mãos de morto. Os olhos fechados. Eu a lembrar-me do sorriso sem mistério. O Manel, agora ao meu lado, com os olhos vagos do mundo, a mapear outros tempos. Fôramos crianças juntas a aprender o que era a vida e agora levávamos o soco de ver um de nós ali deitado.
    A memória era incerta. Às tantas, invenção. Já passara tanto tempo. Lembrar-nos-íamos mesmo daquele corpo a falar connosco? Revisitávamos as dúvidas, as mágoas. Queríamos que acordasse e se risse de nós, mas o meu irmão não acordava.
    A cabeça estava metida em dez nós dados uns aos outros, só o estômago sabia para onde ia. O meu irmão estava ali e eu só queria vomitar. A minha mãe, com mais calmantes em cima, só tinha dor para dar — dor que era doença. E eu precisava de álcool para relaxar o corpo. Quis ir ao café beber um bagaço, levei a minha filha. Bebi de um trago, mas não adiantou muito. Ela pediu um chocolate, comeu meio. Não nos cobraram nada e olharam-nos com pena.
    Voltámos calados e eu pus-me de novo a olhar para o meu irmão. Parecia que não o via há muito e nunca mais o voltaria a ver. O que mais me dava a impressão de um simulacro, de uma estátua que fingia ser o meu irmão, eram os olhos sem óculos e os lábios sem sorriso. Apeteceu-me pôr-lhos, fazê-lo rir.
    E a hora aproximava-se. O padre disse que tínhamos de nos despedir do meu irmão. Em breve, fechariam o caixão, e como acalmar a nossa mãe?

As pessoas não a largavam, a dor era um ataque de asma cada vez mais grosso. Fecharam o caixão à nossa frente e o mundo caiu à volta, em cima. Tinham trancado o meu irmão.

    Os homens da família levaram o caixão para a igreja. O sol batia-nos em cima, as abas escorregavam, mas nenhum deixava cair o outro. Quando pousámos o caixão junto ao altar, tive a sensação de que estávamos a desistir dele. Dentro de mim, a dor fora medo; o medo, pânico; o pânico, aviso. Estava prestes a acontecer qualquer coisa – iam mesmo enterrar o meu irmão. A partir daí, que poderíamos fazer para ele voltar para nós?

    O padre há-de ter dito alguma coisa. Eram muito amigos, a voz tremia-lhe nas frases. Mesmo assim, era a minha mãe que a igreja ouvia. Ninguém refreava o corpo morto de um filho.

    A missa acabou e seguimos o carro funerário até ao cemitério. A multidão não cabia lá, espalhava-se na estrada. Já o padre falava de novo e ainda não tinha chegado toda a gente. As pastelarias fechadas, o cinema sem ninguém, os cafés vazios. A cidade estava deserta para enterrar o meu irmão. Morta também.

    O Manel tinha bebido, olhava com ar perdido. Berrava de vez em quando, bêbedo, irmão mais velho. O meu pai olhava para ele e só dizia "Não quero aquele filho da puta aqui metido." Um filho ali morto e ele a olhar para outro.

    O corpo pareceu tão duro como a terra onde caiu. Não pude consolar a minha mãe, porque também eu era um caco. Como era possível? O meu irmão mais novo. Protegido pelos outros, de riso fácil e fácil de amar.

Quando acabou, metemos a minha mãe num carro e demos-lhe mais um calmante. Despedimo-nos dos outros. Ainda olhei à volta a ver se via o Paulinho para lhe dizer "Até amanhã."

A Ema e o Manel seguiram a pé para casa. Ela triste, ele perdido. Os olhos dela encontraram os dele, doridos e perigosos, e ela há-de ter visto um homem mau, mas eu era apenas um puto devastado pela perda do irmão. Percebi que ela tinha medo. Mas de quê? Estávamos a enterrar o meu irmão. Só queríamos saber do meu irmão. Nada daquilo era sobre ela. Era sobre o meu irmão. Morto. À nossa frente. O Manel também era nosso irmão. Eu não tinha como adivinhar que ia acontecer ali uma coisa que podia ser evitada. Ela talvez soubesse que ele estava tão caído numa dor que teria de infligir outra, sem pretexto que não fosse a devastação da morte. Eu bem o sei: a dor de perder um irmão é uma coisa maior do que o mundo, não cabe dentro de nós. Passámos por eles de carro, parámos para um último adeus. Ela fez um ar súplice, mas eu tinha de levar a minha mãe para casa. Deixei-a com o Manel, que devia estar igual a mim, e senti que havia nela uma tendência para a chantagem.

Já em casa, lembrei-me do Paulinho em pequeno, da fralda a sobrar-lhe na roupa, dele naqueles passos de pinguim atrapalhado. Depois adolescente, afável, a correr para as peças de teatro. Depois um homem feito, a brincar com os sobrinhos. Era o tio preferido deles todos. Sendo o único solteiro, era o que tinha mais tempo para brincar.

E agora tudo ao charco. O meu irmão estava morto. Fechei-me na casa de banho, pus a água a correr para não se ouvir e chorei como as crianças.

MANEL

Éramos quatro. Éramos um. Agora somos menos um e somos três.

Ao olhar para ele ali estendido, era difícil imaginar a criança loira com duas pernas magras metidas em calções. Parecia que tinha uns quinze quilos só à volta do estômago. Não sei se a morte muda a cor, mas meteu impressão vê-lo meio roxo, meio branco, sem vida a correr nas veias. Tive o impulso de lhe dar uma passa. Que estranho era ver o meu irmão sem a boca a correr para um cigarro.

Levámos-lhe o caixão e enterrámo-lo. Teria trocado de lugar com ele, mas ali estava eu, vivo e inteirinho, os escroques duram mais. E, como se foi antes do tempo, nem cheguei a dizer-lhe que dava a vida por ele sem pensar dois segundos. Será que o sabia, ainda assim?

A minha mãe berrava como não berraria por mim. Até morto o Paulo valia mais do que eu. Em volta dela, tentei dar-lhe algum consolo, estando eu tão desfeito como um ovo de codorniz caído ao chão. Ignorou-me, deu a mão ao Zé. Sempre que insisti, fui enxotado. A minha tia dizia "Deixa a tua mãe, ela hoje não tem cabeça", mas teve-a para um dos filhos.

A multidão aplaudiu quando o buraco ficou cheio de terra. Os meus sobrinhos choravam. O Zé disse "Vou levar a mãe para casa" e ela foi atrás dele,

dando as costas ao filho vivo, só com o morto na cabeça. Ao entrar no carro, voltou-se, ergueu a cara. As lágrimas brilharam com o sol. Disse:
— Manel?
— Sim?
— Devias ter sido tu.
Eu sabê-lo não o fez menos horrível. Quis ainda mais o lugar do Paulo. Sou o pior de nós os quatro e quis a dor que o amor dá. O Zé nem me defendeu, ouviu e ignorou. Parecia uma máquina a ajudar a minha mãe a entrar no carro. E ela lá seguiu com ele, encolhida pelos anos e o luto. Fui para casa com a Ema em desgosto com a vida.

Quando entrámos, não tive culpa. A vida era o que era, e não era boa para mim. Não era zanga, era tristeza. Não era raiva, era cansaço. E eu precisei de cansar o meu cansaço, gastar para me esquecer do meu irmão.

Fechei a cara, fechei os olhos, fui em frente. Depois não era desgosto, não era raiva sequer. Bati mecanicamente para relaxar os nervos, arrasar a dor que me lixava, o meu irmão morto debaixo da terra. Pensei na vida toda: eu, o Zé, o Bruno. No nosso irmão morto com terra em cima.

À Ema, só exigia que calasse a boca e não gemesse. Doía-lhe, mas paciência, eu tinha de cansar a dor, e ela tinha de ser boa mulher. Aquele não era o dia dela. Sabia-o e fez como devia, ficou quieta a levar com os socos, sabendo que se falasse ia ser pior para os dois. Eu estava para lá de cego de tristeza.

No final, tinha o braço cansado, a minha cabeça continuava num canho e o meu irmão ainda estava morto. Havia sangue e coisas partidas, e ela tinha a cara num bolo. Algures entre os socos, inchei-lhe um olho, rebentei-lhe o lábio, parti-lhe um dente.

    Numa montanha de sangue e carne, a Ema respirava como uma retroescavadora encravada. Algures entre as queixas, tenho ideia de a ver chorar. Toquei-lhe com o pé, só para ver se estava bem, e afastou-me a perna com o braço. Nem era bem defesa, era outra coisa. Julguei pela primeira vez que me tinha ódio e custou-me que até ela tivesse deixado de gostar de mim.

    Por um segundo, fiquei a olhá-la e até tive pena de a ver desfeita, com a garganta em bicos de pé a tentar apanhar o ar, um braço imobilizado, outro partido. Talvez ela achasse que aquilo ia durar pouco, que horas depois teria acabado, mas eu ia ter a morte do Paulo durante muito tempo. Aquilo era bem pior para mim. Dei mais uns pontapés e senti-a dura como pedra. Ela nem pedia que parasse, só gemia.

    Ouvia os carros a passar lá fora, ela também devia ouvi-los, mas nenhum parava. Ou talvez não os ouvisse e existisse apenas eu em cima dela. Acho que nos perguntávamos os dois se a manhã ia chegar, o que nos guardava a vida.

    Afastei-me até à varanda, a única coisa que me pesava eram as pernas. Lá fora, a filha da vizinha seguia agarrada ao namorado. Pedi-lhe que ligassem aos bombeiros, disse-lhes que a minha mulher tinha caído da escada. O rapaz olhou para o fim da escada, não viu nada. Ouvi a miúda dizer "Está bêbedo, amor." Ignoraram-me e continuaram a andar.

    De cigarro na boca, por fumar, voltei para dentro a sentir-me sem travões, mas não aguentei mais aquilo. De braço descarregado, arregacei as mangas, disse-lhe "Vê se não te pões bêbeda, mulher" e a seguir virei-lhe as costas. Até eu percebi que a minha voz foi a rosnar. Porque é que ela me dava vontade de lhe fazer sempre aquela merda?

    Deixei-a sozinha no quarto, lascada ao meio. Havia uma mancha de sangue e respingos. Tive muita pena dela. Coitada, ainda ia ter de passar um esfregão naquilo.

ZÉ

Não sei como é que ela conseguiu rastejar até à minha casa. Seria de supor que tivesse ido para a da irmã, mas a minha era mais perto. Quando vi o estado dela, até aquelas três ruas pareceram uma prova olímpica. Deitara-se nas escadas até chegar o dia.

O meu pasmo. Ela encostada à espera junto ao tanque, submissa a um ponto tão absurdo que nem tinha batido à porta para acordar quem estava em casa. Chegou-me lá, tão magra que afligia, e a cara como um pneu com ar a mais. De olheiras, manca, com o corpo em nódoas, os olhos vermelhos – e um negro por fora –, os cabelos cinzentos desgrenhados, os braços torcidos e a roupa desalinhada, sangrava em cinco ou seis sítios diferentes.

Fiquei sem conseguir falar, e o que ela disse a seguir, quebrando o gelo, foi terrível:

– Vim cá ver se estava tudo bem.

Falar fez com que esticasse as feridas, cada palavra aleijou. Nem com a prova ali escancarada eu queria admitir. Como não respondi logo, reforçou:

– Depois do Paulinho, sabes?

E eu ali de boca aberta, com o coração feito cão a ladrar no peito, sem interiorizar que o meu irmão tinha feito aquilo. Sem conseguir imaginar o homem que dava gelados aos meus filhos a fazer aquilo a uma mulher. Sem entender que o rapaz que jogara comigo à bola se tinha transformado noutra coisa.

Ainda atordoado, fiz a pergunta inútil. Ela deu a resposta inútil, "Foi ele", e doeu-me qualquer coisa por dentro. Não podia ter sido o meu irmão. Não quis que as crianças a vissem, protegi-os em vez de a proteger. Pedi-lhe que esperasse e subi as escadas a correr. Os meninos dormiam, a minha mãe estava sentada no sofá da sala, de camisa de noite, em amorfia total. O meu pai estava no quarto. Disse "Mãe, tome conta da canalha" e meteu-me nojo pedir-lhe favores depois de ela ter enterrado um filho. Ergueu os olhos para mim como quem entende tudo: "Aquele coiro." E eu respondi: "Pois foi."

Meti a Ema no carro com jeitinho. Gemeu, mas conseguiu sentar-se. Não aguentou o cinto, guiei com cuidado para evitar os solavancos. Não disse uma palavra o tempo todo e ignorei-lhe o choro. O rádio enchia os momentos vazios e eu não sabia que frase a salvaria. Sentia que a culpa era minha e sabia que devia dizer alguma coisa, mas não tinha nada dentro. O meu irmão esvaziara-me de tudo. Eu era só choque, só tristeza. Tinha um rato morto no lugar do coração.

Chegámos ao hospital. Parei à entrada das urgências. Podia entregá-la ali e ir estacionar o carro, mas não queria deixá-la sozinha. Não deixei. Estacionei o mais perto possível e levei-a apoiada no meu ombro. Os passos custavam-lhe, tudo lhe doía. Não conseguia levá-la ao colo e estava arrepiado com aquilo. A imagem do meu irmão contente não me saía da cabeça. Do meu irmão a comer laranjas em pequeno com o Paulinho. Da coça que dera a um rapaz que me tinha dado um pontapé. Dele plantado à porta da livraria a comer mulheres com os olhos. Lembrei-me dele, todo ternura, a pegar na minha filha ao colo. Pensei que só alguém destituído de decência podia ser tão indulgente com a dor. Não podia ter sido o meu irmão. Ela tinha de ter mentido. Sabia que ela não tinha mentido. Claro que tinha sido o meu irmão.

Há anos — décadas — que eu não lhe via um gesto de carinho. Ele não achava estranho que a vida conjugal fosse uma luta. Não percebia que não só não era suposto bater-se numa mulher como devia ser impensável. Do lado dela, já não podia haver mais do que medo de morrer. Devia ser ela a primeira a querer trocá-lo pelo Paulinho.

Entrámos nas urgências. Poucas cabeças se viraram contra nós e fomos à recepção tirar a ficha. Perguntaram-lhe o nome, a morada, o problema. Ela simulou a indiferença, disse que tinha caído nas escadas. A senhora fez um ar de quem já não tem paciência para estas merdas. A mentira dela foi um soco para esconder a humilhação. Ou mentia para proteger o meu irmão. A besta do meu irmão que lhe tinha feito aquilo.

A senhora deu-lhe uma pulseira cor de laranja e mandou-a entrar. Esperámos vinte minutos e a Ema foi sozinha para a triagem das mulheres. Fiquei cá fora a fumar cigarro atrás de cigarro, a entupir-me de café até estar zonzo. Entretanto, ela foi fazer um raio-x e apareceu-me à frente com o braço engessado. Ia ficar internada na Ortopedia.

A enfermeira veio ter connosco para lhe indicar o piso e o caminho. Também lhe daria um pijama para vestir, uma bata sem marcas de tamanho único em que se enfiaria até que alguém lhe trouxesse uma roupa mais decente. A seguir, olhou para mim com olhos de falcão – parecia que me queria bicar até à morte. Disse logo, para me defender, que não era casado com ela.

E fiquei ali furioso, a sentir que a culpa também tinha sido minha. Tantas vezes a julguei estúpida que não a levei a sério nem me dei ao trabalho de a livrar do seu destino. Achei-a tantas vezes frágil, tola, descabida. Ainda ali, tinha a enfermeira à frente e tentava rir como se estivesse tudo bem. Tentava fingir que a situação tinha graça por ser estúpida. E era tão magra e indefesa que só me podia meter nojo que alguém pudesse ter sido capaz de lhe bater até vergar. Já era do meu irmão que eu tinha nojo.

O Bruno, que já sabia que eu estava no hospital com a Ema, telefonou-me. E então foi irmão igual a irmão: também ele queria ir para cima do Manel. Disse-me que ia procurá-lo e desligou o telefone. Dez minutos depois, o telefone tocou de novo e o Bruno disse que o Manel não estava em casa. O Paulinho continuava morto e nós naquelas palhaçadas.

Fui para casa, irritado ou triste, não sei, talvez as duas. Quando lá cheguei, já os meus filhos tinham ido para a escola. A minha mãe estava no sofá onde a deixei, em pleno luto. Era uma carcaça só com sofrimento dentro.

Telefonei ao Bruno para saber do Manel. Não sabia, ninguém o tinha visto. Imaginei-o esparramado num canto, bêbedo e perdido, e nem tive o impulso de o querer salvar. Tinha coisas mais prementes a fazer para limpar a asneira dele, como comprar pijamas para levar à Ema.

Eu nunca tolerara que um homem batesse numa mulher, e ele teve rédea solta por ser meu irmão. Pegou nos meus filhos ao colo, ensinou-os a andar de bicicleta, e tão só isso me impediu de querer atirá-lo para uma cela. Sei que íamos mentir em tribunal, dizer que a minha cunhada era louca. Ele tinha as mãos sujas do sangue dela, mas eu não podia sujar as minhas com a cadeia de um irmão. Que diriam os meus filhos se lhes mandasse o tio para a prisão?

Em momentos como aquele, a falta que a Marília me fazia. Como um puto, metia-me a ver fotografias dela à procura de respostas, mas nunca inventava nada melhor do que um "A escolha é difícil, mas é tua", mesmo sabendo que não devia ser minha, que ser minha era um problema, que eu estava implicado pelo sangue e pela vida. E que o sangue fazia fluir sangue.

Não sabia o que fazer. Entenderia se me achassem cúmplice, mas também seria injusto. Tinha três filhos pequenos. O Paulinho tinha acabado de morrer. A minha mãe estava num canho. Como seria ter o Manel na prisão? Que teria a minha filha de ouvir dos homens ali presos, sem mulheres há tanto tempo? Não ia deixá-la no meio daquela gente com a adolescência a despontar. Eu sei como são os homens. Tinha pena da Ema, muita, mas tinha de proteger a minha filha. Escolhi cobrir com cinza a brasa acesa.

E, no dia seguinte, como quem faz uma grande coisa, levei à Ema iogurtes de ananás. Passaram anos e lembro-me de pensar em como ela estava ridícula com as ligas à volta da cabeça, em capacete, o cabelo solto em cima, espalmado na liga, e embaixo a cair para os lados. Pousei-lhe os iogurtes na mesa e entretive-a com conversa de circunstância. Ela não perguntou pelo Manel e eu também não lhe disse que nunca mais ninguém tinha sabido nada dele.

Meia hora depois, o gajo apareceu por lá com o jornal debaixo do braço. Nem o deixei entrar no quarto: perdi a cabeça e espetei um soco ao meu irmão. Bateu na parede, olhou-me nos olhos um segundo e depois fugiu com os dele. Não se defendeu e foi embora. Era menos homem quando tinha de lutar com outro homem. Atirou o jornal para o primeiro caixote do lixo que lhe apareceu à frente e as duas enfermeiras que o viram cair nem se mexeram. A Ema, lá dentro, meteu-se na sua choraminguice e eu afastei-me, sem paciência. Se se tivesse defendido, aquilo não teria chegado àquele ponto e eu não teria de ter batido ao meu irmão um dia depois de ter enterrado o outro.

Quando saí do hospital, encontrei-o à porta a fumar com um ar descontraído. Viu-me antes de eu o ter visto e não tive como o evitar. De repente, estava ao meu lado:

— Não sei o que é que ela te disse, mas eu não lhe fiz nada.

Cabrão do gajo.

— Não faças de mim estúpido.

— Não faço. Nunca fiz.

— Então deixa-te dessas merdas.

E ele fez de cãozinho sem osso:

— Não acreditas em mim, pois não? Está tudo bem.

Ia negar?

— Não, não acredito.

O seu olhar traído foi ridículo, mas real. Parecia um puto mimado que testa os limites dos pais. O Manel mentia e queria que acreditássemos apesar das evidências. Mais do que lealdade, parecia querer idolatria cega.

Que alguém o confrontasse ou negasse era uma afronta. Gosto dele e não posso deixar de gostar porque ele é meu irmão, e por isso me custa tanto ver-lhe a vida completamente destruída. Ele nem entendia que não era só o álcool nem era só a violência – era perigoso porque já estava despido de bom senso.

Tínhamos chegado ao mesmo ponto de vida e éramos tão diferentes. Aos quarenta e tal, contemplávamos o que tínhamos para trás e espantávamo-nos porque já tudo estava decidido. Ele metera-se num casamento que era um erro com uma mulher para quem o erro fora maior. Não tinha tido filhos, metera a vida num buraco. Eu vivia a ressaca do meu amor morto antes do tempo, tinha três filhos e a vida estática mexia-se com eles. Não podia fazer o luto pelo meu irmão mais novo porque o mais velho me exigia que o fizesse o dele.

Enquanto gente, o meu irmão reduziu-se ao mínimo. Teve tempo para se orientar, mas não passou da cepa torta e os anos foram tão vazios que não deixaram vestígios. Por momentos, pareceu até pensar que não ia beber mais, mas perdeu a batalha quando voltou a ver um copo. O ufanismo do vinho a deslizar roubou o lugar ao medo. Com o cheiro do álcool destilado a invadi-lo, já não queria saber em que se tornaria quando esvaziasse a garrafa. Se era um viciado, aquele era o caminho.

E a noite fez-se como sempre. Empunhou a garrafa, encheu o copo, encheu o estômago. Corou. Empastelou a voz. Perdeu a força nas pernas. Deixou de ser gente, passou a bêbedo e foi fazer figuras tristes para os cafés.

A Ema saiu do hospital duas semanas depois. Para nós, era impensável deixá-la ir para casa. A irmã ofereceu-lhe o quarto, mas assumimo-la como problema nosso. Por isso, abrimos o sofá-cama, lavámos-lhe o pijama do hospital e instalámo-la na sala. Aí, ainda dei por mim parvo de todo ao vê-la corroborar a história dele, "Pois, caí, caí e deu nisto." Parecia que estava morta enquanto ele tentava matá-la. Não entendia sequer que connosco já não valia a pena ou então esquecera-se de que já o tinha acusado. A história era a preto e branco: ela acusava-o de lhe bater, ele chamava-lhe mentirosa e batia-lhe outra vez. Como lhe ensinava o medo, ela a partir daí mentia.

O meu pai, que não fora ao hospital, desceu as escadas para fazer de sogro. Encontrou-a na sala, de pijama, embrulhada num roupão. Também ele deve ter ficado repugnado com aquela intimidade toda de repente, mas nunca foi homem de mostrar que se abalava. Então, ignorou-lhe a figura e lixou-se para o filho. A primeira coisa que disse foi "Deixa-o ficar, arranja outra vida." Ela fez um risinho estúpido de quem finge que a vida é a brincar. O meu pai ofereceu dinheiro, o quarto dos fundos, o colchão que tinha em casa atrás de uma cortina. Não ofereceu o quarto do Paulinho. Ela nem sim nem sopas e ele assumiu a derrota. Antes de voltar a subir, disse-lhe "Eu é que o devia ter educado melhor" e no tom de voz ouviu-se um homem que falhou.

Entretanto, o Manel perdera a vergonha e ia à livraria para tentar saber alguma coisa, mas o meu pai escorraçava-o sem sequer olhar para ele. O filho transformara-se num cão cheio de pulgas. Já fora da porta, o Manel dizia "Ela tem de voltar, o lugar dela é em casa" e o meu pai só não lhe batia por estar velho. Indiferente, o Manel continuava na sua falta de noção:

— Ontem cozi um ovo, parecia uma mulher, mas não sou uma mulher para andar para aí a lavar calças.

Quando não o ignorava, o meu pai só lhe dizia:

— Não te andei a criar para bateres numa mulher, agora arranja-te e põe-te a andar.

Já de costas, uma última investida:

— Ando a gastar um dinheirão em restaurantes e lavandarias, a casa está um pardieiro.

Furioso, ia à vida dele, a pensar nas injustiças que se abatiam sobre a vítima, mas não em comprar detergente ou em usar uma vassoura. Parecia que só pensava com metade da cabeça.

Perdeu a mão na vida e só conseguia ver o acessório. Eu e o Bruno íamos começando a vê-lo menos como irmão e mais como um bêbedo. Os sobrinhos tornaram-se frios, incapazes de perdoar aquela. O Manel, sem ser homem de assumir a vida, zangava-se mais com a Ema e irritava-se comigo. Punha-se a falar com outros bêbedos no café e acusava: "Não conheço ninguém mais irritante. Com aquela maneira complicada de pensar, até as palavras mais inocentes parecem mal intencionadas."

Tentava puxar a pena para conseguir aliados, mas as pernas bambas e o cheiro a vinho ditavam a sentença. Toda a gente sabia que era um bêbedo que batia na mulher. Quando andava pelas ruas entupido de vinho e de bagaço, com a fralda da camisa por fora e os cordões dos sapatos por atar, havia sempre quem dissesse "Lá vai o bêbedo outra vez." Ele ainda dizia "Boa noite", perdendo mais tempo com as sílabas do que seria necessário, sem perceber sequer que enrodilhava a língua.

No dia seguinte, rebobinava. Insistia no regresso da Ema e quem o visse desesperado ia julgar que era por amor, mas nós bem víamos que só queria a sua posse. Ela viera ter connosco e nem interessava se era por medo ou por não ter medo, o que importava era que ele lhe tivesse apanhado uma réstia de amor-próprio. Não entendia: tinha batido tanto, como é que ela não quebrara?

A Ema acabou por voltar, sob a promessa de que estaríamos lá ao menor soco. Não estávamos certos de que o Manel tivesse noção da gravidade do que fizera, mas pelo menos já lhe tínhamos dado a entender que não era bar aberto.

Ainda por cima, eu no fundo queria que a vida se compusesse, e estava cheio de a ter na minha casa. Afinal, ele é que era o meu irmão. Estúpido ao ponto de fazer aquela merda. Ainda assim, o meu irmão. Ela era um peão no jogo e o que mais me incomodava nem era a violência, era a vergonha de ser feita por um dos nossos. A vida continuou, fizemos devagar o luto pelo Paulinho e a Ema, assim que chegou a casa, ainda de braço ao peito, pôs-se a lavar.

MANEL

Julgue-me só quem enterrou o irmão mais novo e ficou bem, quem não precisou de inventar uma merda qualquer para não querer morrer também. É melhor levar um soco do que viver este desgosto. Quem disse que a vida era justa?
 Alguém deve ter dado com a língua nos dentes, porque houve gente armada em fina. Do nada, chicos-espertos passaram a achar que podiam meter o nariz na minha vida. Eu a andar com a gaja na rua e um palerma fardado a ignorar-me, "Está tudo bem, Ema?" Ela dizia que sim e insistiam, "Qualquer coisa, apita", sem sequer falarem comigo e eu em pleno luto a ter de levar com aquela merda. Irritava-me logo aquela postura de burro metido numa farda, de um gajo que se achava mais esperto por andar de boina na cabeça. Ele armado em oficial, eu tratado como um alonso qualquer. Por amor de Deus. Ele era o Foscas, eu o Buraca, jogámos à bola em putos, até fomos às putas uma vez.
 E de repente a vida pôs-se ao contrário. Eu tenho de dar explicações, ele mete o nariz nos meus assuntos e faz-se de homem da casa. E um palhaço de um vizinho qualquer — deve ter sido o cabrão do Alcides — achou que podia fazer de herói, meter a guarda cá dentro, e que eu era um descerebrado que não se sabia controlar, e que ela era uma vítima a precisar de protecção.

Bem se quilhou, que, da vez em que chamaram a guarda, eu nem lhe tinha tocado com um dedo. Sim, um gajo discute, e então? Apetecia-me berrar às vezes. Um homem que enterra o irmão tem de procurar alívio nalgum lado. Metessem a colher no armário e não me viessem dizer como é que devia falar na minha casa. Como o Foscas foi lá com outro, e como já a tinha visto negra e amassada, depois ficou a achar que podia meter o bedelho e o nariz que eu já lhe devia ter partido há muito tempo.

Acho graça a esta merda, a que nunca lhe perguntassem o que fazia de mal. Uma vez por outra, sempre havia alguém a dizer-lhe "Veja lá se não irrita tanto o seu marido." A conversa dos meus irmãos era sempre a mesma, "Mesmo que ela te irrite, não lhe podes bater", mas a vida não é a preto e branco nem se faz só de palavras. Tinham muito paleio porque não sabiam o que era chegar a casa e ter uma mulher bêbeda dia após dia, e até gostava de saber como raio é que iam aceitar as frases sem nexo, as palavras que se arrastavam dentro da boca e não queriam dizer nada, aquele cabelo que ficou grisalho antes do tempo. Se ao menos ainda fosse uma boa bicicleta, sempre serviria para mais do que meter nojo aos cães.

As outras mulheres também tinham brancas, mas pintavam o cabelo. E pintavam as unhas em vez de as roerem. E não lhes passava pela cabeça irem ao supermercado de avental. A minha família protegia-a e não via que se punha do lado de uma gaja que matou a mãe logo ao nascer. Faziam-se de santos, mas eu sabia como era. Chamavam-lhe o nome dela à frente e bêbeda nas costas.

Tive de me controlar como um animal com trela. Com jogadas e mentiras, a gaja fez de mim refém. Já sabia que, mal tivesse a porcaria de um arranhão, me ia cair tudo em cima. Pelo meio, ela ia à padaria de meias e pantufas e ninguém me perguntava como é que eu lidava com aquilo. O Zé tinha sempre a mania de ser calminho e anjinho, mas não pensou meio minuto em como era viver assim.

Num domingo, a Ema saiu de casa para ir à irmã. Demorou uma hora, duas, três, e voltou com uma garrafa de azeite caseiro e um chouriço. Vi logo que tinha ido à minha mãe, a irmã dela nunca lhe dava nada. E deu aquela voltinha esperta a ver se me despistava, que a gaja bem sabia que a minha mãe só me deixava entrar em casa se ela viesse também.

Fazia estas merdas de propósito, claro que sabia que eu ia querer parti-la ao meio. E sabia que eu ia ter de me controlar e quem ia ficar partido ao meio era eu. Mas não admito que façam de mim lorpa. Começámos na conversa.

— Não penses que não sei onde é que foste.

E ela, insolente, com as costas como um forno:

— Deixa-me em paz, homem.

Nem se dava ao trabalho de negar que me traíam todos.

— Foste à minha mãe.

— Não me fodas já a cabeça, eu vou onde quiser.

E eu ri-me, embora não tivesse vontade nenhuma de rir.

— Vais onde eu deixar.

Entrou no quarto para trocar os chinelos de rua — juro — pelos de casa. Achava que a vida ia ser

aquilo, que ia andar daqui para ali sem explicações, que quem mandava era ela e que eu era um rato ali metido, só para lhe dizer amém a tudo.
　Entrei atrás dela, pus-me à porta.
　— Não te quero por aí a cirandar. É domingo e não tens de estar na rua.
　Encheu-se de coragem... ou de estupidez.
　— Só estás fodido porque a tua mãe não está para te aturar.
　Lembro-me: trinquei o lábio, fechei a mão, preparei-me para lhe dar, mas não lhe dei. Eu sabia o que ela queria — se lhe desse uma lambada, eu é que me ia amanhar com o caralho.
　— Eu sei o que é que tu queres, filha da puta.
　Percebeu que eu não a ia deixar sair, sentou-se na cama com um ar todo chateadinho. Peguei na cadeira ao lado da cómoda, cheia de roupa minha, e atirei tudo para o chão. Meti-a à porta e sentei-me lá também à espera. Ela tinha de acabar por ceder em qualquer coisa.
　Passou algum tempo. Uma, duas, três horas. Eu a fumar, ela a tossir. Ela calada e eu também. De vez em quando, eu dizia "Filha da puta" ou coisa assim. E ela pediu-me para ir à casa de banho e eu não deixei.
　— Deixa-me passar, poça.
　Levantou-se e tudo e eu mandei-a sentar-se outra vez.
　— Agora esperas.
　Até quando, eu não sabia. Só não queria que ela achasse que fazia de mim burro. Ela sempre a insistir, "Deixa-me ir, deixa-me ir", com a voz cada vez mais baixa, o tom cada vez mais de súplica. Por fim, fui caridoso:

— Faz no chão.

Ela, com um guinchinho de desespero, disse que não. Eu ri-me e continuei:

— E é se queres.

Uma hora depois, não aguentou, percebeu que eu não ia ceder. Desceu as calças e fez.

Verguei-a, mas aquilo meteu-me nojo. Ainda por cima, o chão tinha alcatifa*.

— Que vergonha, mulher. Limpa isso.

Levantei-me e pus-me a andar.

Na semana seguinte, nem se deu ao trabalho de inventar que ia para a irmã, mas vi que se estava a preparar para sair e fui com ela. Disse-lhe "sei bem para onde é que vais" e nem abriu a porta. Foi ela que tocou à campainha. Subimos juntos: ela levou com um cumprimento, eu com um rugido.

Já não via a minha mãe há algum tempo e achei que o reencontro ia compor as coisas, mas ao vê-la só vi o Paulinho a levar com terra em cima. Em vez de minha mãe, pareceu-me mais mãe de um homem morto. Tinha uma ferida no braço ("Caiu, mãe?") e cheirava-me a pele mal lavada misturada com Betadine e desespero.

Não me respondeu. Fui à garrafeira e servi-me. Só aí é que deixou de me ignorar.

— Já te vais enfrascar outra vez?

E eu resolvi ir pela verdade:

— Tem de ser, mãe. Tem de ser.

Aos poucos, fui deixando de ser um filho ho-

---
* Tapete grande e espesso.

mem que estava bêbedo para me tornar num homem bêbedo. Sei que era assim que olhavam para mim. E a partir do momento em que alguém deixa de ser filho já nem é preciso ter trabalho a ser outra coisa qualquer. Quem mais haveria eu de querer impressionar?
    Sentadas nos bancos da cozinha, elas também bebiam. Cada uma tinha em frente um copinho igual ao meu. A minha mãe pareceu-me mais magra, aqueles poços na cara eram olheiras de mulher sem filho. E as duas puseram-se a falar como se eu não estivesse ali sobre as idas ao cemitério para assear a campa, a banca mais barata a vender ameixas na feira, a melhor maneira de não deixar queimar o estrugido. Tudo assuntos de mulheres.
    — Desconfio de que estou a mais.
    A minha mãe bateu com o copo, já quase vazio, na mesa, e algumas pingas mancharam a toalha. Metade dela luto, toda ela fúria.
    — Podes desconfiar à vontade. E também podes pôr-te a andar.
    Desolado, fui fumar para a varanda, e a partir desse dia comecei a sonhar com a minha morte, até porque era pior viver assim. Será que ela, que tanto sofria a morte de um filho, não percebia que cada coisa que dizia servia para matar o outro?
    Ouvi o meu irmão subir as escadas, passar na cozinha. Pouco depois, estava comigo na varanda. Também ele me pareceu andar a dormir pouco. Nem quis saber de mim, lançou-se a pés juntos:
    — Não andas a fazer asneira em casa?
    — Isto é assim, Zé? Nem um "Tudo bem?" como

se eu não fosse teu irmão?
   Pareceu arrependido. Abriu o maço e acendeu um cigarro.
   — Andas bem? Não andas a fazer asneira em casa?
   E foi assim sem pausa, sem nada. Ele no fundo só queria saber da gaja.
   — Desde que ela não faça, eu também não faço.
   — Ai é? E se ela fizer?
   — Se fizer, ponho-a no sítio.
   E do nada pareceu passado dos cornos.
   — Outra vez? — A voz dele era um chicote.
   — O que é que foi, caralho? Não podes ficar à espera de que eu me fique. Aliás, nem o Paulo ia querer isso.
   — O quê?
   — Pois. O Paulo não ia querer que eu me ficasse se alguém se metesse comigo.
   — Isto é conversa de bêbedo?
   Por que caralho me insultava?
   — Não, só de homem.
   — Tem juízo, Manel. Tem juízo. O Paulinho tinha vergonha de ti.
   — O Paulinho?
   — O nosso irmão. Já te esqueceste dele?
   — Nunca. — Disse-o e lembrei-me dos seus passos de bebé atrás de nós, de mim a protegê-lo dos de fora, de mim a ser o preferido entre os de dentro. Eu e ele, caralho. Eu e ele. Não tinha, naquela altura, de andar a ouvir lições. - E tu, também tens vergonha de mim?
   — Tenho.

Foi como um soco.

— Então odeias-me, é isso?

Suspirou.

— Claro que não. Gosto de ti, sempre gostei, porque és meu irmão.

Era só isso, mas era isso que contava. Não era coisa pouca. Era incondicional. Era a minha família, não a da gaja, e o meu erro tinha sido casar com ela.

Deu uma passa, travou, expirou o fumo. Apagou a mortalha no cinzeiro do parapeito da janela que dava para a sala. Olhou para mim, mais velho do que nunca:

— Tentei ajudar-te, pá. Tivemos a mesma vida. Tentei ajudar-te. E achei que devia, mas escolheste esta merda e eu não posso ter os meninos perto disto.

Eu nem queria acreditar no que estava a ouvir. O meu irmão. Foda-se. O meu irmão a desligar-se. Explodi:

— A vida para ti é fácil. Sempre foste o menino bonito da mãe. E do pai também. Dei-lhe uma garrafa de uísque, custou-me quatro contos, nunca a bebeu. Meteu-a na prateleira a apanhar pó e nem sequer está na linha da frente. Deste-lhe um cachimbo barato e ele não o tira do casaco.

Senti-me a engolir o ar sem forças. A vida fugia-me por entre as mãos. O Zé era o preferido dos pais por ter ar de menino. Nós os três éramos grossos, morenos. Ninguém nos conseguiria dar pancada. Talvez machos seja a melhor palavra. Ele era mais parecido com a minha mãe: traços finos, muito pálido, lábios cor-de-rosa claros, magro. Ainda não tinha entradas e era o único com cabelo liso. Quase não tinha barba e tirava a pouca que tinha. Tinha casado com uma mulher bonita e dado três netos aos pais. E eu nada, tinha casado com entulho. Aquela puta daquela gaja lixou-nos a vida a todos. Chegou e estragou uma família. Mas ele sabia, e eu sabia, que o núcleo éramos nós. Ele tinha de entender que era eu quem tinha tido azar na vida.

— Sabes, eu não tive a sorte de ter uma Marília.

Até dava vergonha assumir isto, só por um irmão eu faria essa figura, mas o Zé parecia doido, resolveu dizer o óbvio.

— A Marília está morta.

Isso sabia eu. Eu bem sabia, caralho, que a Marília estava morta, e até sabia que ele tinha três filhos nas mãos. Muita responsabilidade, pouco freio. Cometi o erro de lhe dizer:

— Não sei de qual dos dois tenho mais pena.

É que ela jazia morta e enterrada, nunca saberia quem seriam os filhos. O meu irmão, de repente, encarou-me todo agressivo:

— Guarda para ti a tua pena. Não preciso dela para nada.

ZÉ

Mas que raio?
Eu tinha vivido um amor, construído uma casa, aprendido um ofício, gerido um negócio. Tinha feito uma família como deve ser, tomava conta dos filhos, e mais depressa entalaria a mão na gaveta das meias do que a levantaria à Marília. E o meu irmão, que virara um bêbedo assim que crescera, que conseguira a proeza de ser o pária de uma família unida, que nos envergonhava a todos com o cheiro a vinho, com as feridas da Ema, ainda tinha o topete de ter pena de nós?
A Marília nunca o viu tornar-se nisto. Via-o bêbedo muitas vezes, mas também o via afável. Viu a Ema queixar-se, mas pareciam sempre coisas menores. Não sabia que isto podia chegar a este estado. Que ele ia cair em barris de vinho como quem se prende num poço enquanto ela estava morta, morta, morta, e o Paulinho estava morto, morto, morto.
O Manel olhava para o mundo sem conseguir ver nada. E a Ema procurava pouco da vida, não chegava a ser mais esperta do que um cão, por isso teria sido fácil ter conseguido ser feliz. Ter-lhe-ia bastado não ter fome ou não ter sido espancada. Bastaria que o meu irmão não lhe tivesse partido a vida ao meio.
Até me custava olhar para a vida que ele tinha. Viera do mesmo sítio que eu, a oportunidade fora igual. Quis ir para uma fábrica em vez de estudar quando era novo. Escolheu a Ema. Depois, es-

tragou-a e estragou a vida dele. Fez muito asneira e ainda quis exigir mais de mim do que a tensa polidez de dois homens que têm de se amar. E não é que eu tenha virado as costas, negligente. Eu até queria protegê-lo por saber que era imperfeito, mas há alturas em que não desistir de ninguém é estupidez, não heroísmo.

Deu-se um corte com o meu irmão. No início, eu tentava, mas não conseguia perdoá-lo. Agora nem sequer tentava. Escolheu o caminho errado e eu tinha três crianças para cuidar, uma mãe que envelhecia a lidar com a perda de um filho e, já agora, o luto que ainda era dor em bruto.

Para ela, a morte do Paulinho foi muito pior. Num dia gente, noutro um caco. Talvez, por vezes, quisesse até trocar-nos. Ele era o mais novo e o único que vivia com ela. O único que lhe fazia as compras, que a levava a qualquer lado. Eu vivia no andar de baixo, mas não era a mesma coisa. A minha prioridade eram os miúdos. E a minha mãe, louca de dor, berrava connosco todos os dias por qualquer pretexto ou sem pretexto. Na cabeça dela, os miúdos já nem brincar podiam, o mundo tinha de se condenar à miséria onde ela estava, mas depois arrependia-se e voltava toda mansa e toda amor. Nós até deixávamos que se enfurecesse sem razão porque isso nos doía menos do que vê-la pesada com aquela dor que a comia.

Após muito esforço e alguns meses, a minha mãe começou a desfazer-se da roupa do meu irmão. Pendurada no armário, só inundava a casa das imagens do funeral, e ela aproveitava para ir para o quarto do Paulinho alisar-lhe as camisas e passar-lhe as meias a ferro. Só não voltava a lavar nada porque tinha medo de perder o cheiro dele, ainda que aquilo já só cheirasse a amaciador em pó e ao pó que o tempo deixa.

 Passava horas lá dentro, a sós, vendo os objectos mudos, sem propósito, a camisola dobrada na cadeira, a televisão desligada, a almofada alinhada no centro da cama e a ausência dele a aumentar. O quarto estava de tal forma igual que o Paulinho tinha de aparecer.

 Eu e o meu pai insistíamos em que tirasse aquilo de casa. Os netos deram uma ajuda e ela lá rompeu mais outro elo. Deu a roupa toda a um amigo do meu pai e começámos a ver o meu irmão morto por aí. O homem metia-se pela cidade a andar nas calças do Paulinho e contaminava as ruas com a morte dele. Por vezes, parecia-me que o via, o coração ladrava, as minhas pernas tinham o impulso de correr para ali, apesar de entre eles tudo ser diferente. A minha mãe pouco saía de casa e, por isso, conseguiu libertar-se aos poucos, ainda que a ausência dele estivesse onde ela estava.

 Pelo meio, a Isaltina, prima dela, que ganhava a vida com aldrabices a que chamava curandeirismo, encurralava-a a ver se lhe pagava a missa. Dizia-lhe que era importante ter quem lhe rezasse pelo filho, e era se queria que a alma dele se salvasse. Fazia a chantagem final, "Sabes como é, Micas, metido com uma mulher casada", e ela, querendo fazer tudo pelo filho, cedia. Metia-lhe uma nota de cinco euros na mão e a velha ia para a igreja fazer crochê. O meu irmão morto e eu ainda tinha de aturar estas merdas,

impedir a minha mãe de cair em esparrelas. Insistia, "Mas para que é que ele haveria de precisar disso?", mas ela vinha ensaiada com a boca da prima, "Sabes como é, sabes com quem andava metido."
À margem de nós, o Manel continuava o seu caminho rumo à decadência. Dizia que bebia para esquecer, mas mentia. Quando estava bêbedo, lembrava-se de tudo e mais alguma coisa. Punha-se a falar do irmão morto, de episódios de infância quase roubados à memória, do nosso pai a trazer-nos bolos quando a minha mãe por acaso nos batia.
Passara tantos anos a beber que o discurso era cada vez mais um conjunto de palavras enfileiradas sem sentido. A minha mãe estava mais amorfa, eu já tinha assumido que o elo era para ser desfiado, que cada um escolhera o seu caminho. Por isso, ele em casa continuava a mesma besta: berros, ameaças, lamentos, "Ai que estou a perder a paciência", "Tu não me enerves, mulher", "Estás bêbeda, é o que é", "Que puta de vergonha, estás bêbeda e toda a gente sabe", censuras e revisionismos, gritos que ecoavam nas escadas e obrigavam os vizinhos a aumentar o volume da televisão.
E ignoravam como podiam. O Alcides falava mais alto, o Augusto metia-se a ouvir música, e depois contavam-me isto como se se queixassem à Câmara por barulho fora de horas. Indiferentes aos gritos, aos pratos partidos e aos móveis arrastados, queriam que eu arranjasse maneira de os deixar ver televisão à noite.

MANEL

Estava a fumar à varanda sossegado. Era sábado, sei lá onde andava a gaja. Tinha bebido um uísque enquanto via os resumos da bola. O Gusto veio à varanda e, do nada, mandou-me uma assim:
— Que tal, Manel? A tua mãe está melhor?
Não percebi um corno.
— Melhor de quê?
E ele pareceu confuso:
— Ela não estava no hospital?
- Não. — Ficou a olhar para mim e acrescentei:
— Deves ter feito confusão.
O gajo voltou para dentro, mas aquela merda ficou a fazer eco. A minha mãe podia estar doente? Julguei que não — um filho era o primeiro a saber. Fumei o cigarro até ao fim, o vizinho devia ter trocado os fusíveis da cabeça, mas quando a mortalha acabou já eu estava fodido com o Zé. O gajo ia esconder-me que a nossa mãe estava doente?
Telefonei-lhe. Não atendeu. Telefonei de novo. Há séculos que andava armado em parvo. Depois da morte do Paulo, deve ter ficado traumatizado ou o caralho, e não queria andar com um irmão para não pensar no outro. Não havia outra explicação para me despachar na rua, como eu bem via que fazia, nem para não me convidar para nada. Mas não me deixar saber da minha mãe era outro campeonato.
Liguei-lhe mais cinco ou seis vezes, lá me

atendeu.
— Como é, caralho? A mãe está doente?
E ele disse-me que sim.
— Foda-se. O que é que tem?
— Está internada, teve um AVC.
E perguntei:
— Quando?
— Na quinta-feira.
Duas noites no hospital e eu sabia pelo filho da puta do vizinho.
— Estás a gozar comigo? E ninguém me diz nada? A minha mãe doente e ninguém me avisa?
E aqui o meu irmão fez-se de estúpido:
— Temos tido muito em que pensar.
Temos? Nós? Nós quem? Foda-se. Perdi a cabeça, não havia trauma que o safasse. Desliguei-lhe na cara, com vontade de partir a cara a alguém. Entrei em casa, meti o tabaco ao bolso, algum dinheiro, um lenço, tranquei a porta e fui para a paragem de camionetas. Era o que faltava não poder saber da minha mãe.
Pouco mais de meia hora depois, já estava no hospital. Fui à recepção.
— Quero ver a minha mãe.
E a senhora:
— Está em que piso?
— Não sei.
— Não sabe?
— Não.
— Qual é o motivo do internamento?
— Deu-lhe uma coisa.
— Pode especificar?
— Não me lembro do nome.

Ela ficou a olhar e eu lembrei-me:
— Teve aquela doença que são três letras seguidas.
— Um ABC*?
— Sim.
— Deve estar no piso 6. Como se chama?
— Manel.
— Não, a sua mãe.
— Maria.
— Maria quê?
E disse-lhe o nome todo.
— Está no piso 6, cama 10. Preciso do seu bilhete de identidade.
E eu dei-lho. Segundos depois, devolveu-mo.
— Lamento.
— Lamenta o quê?
— A visita não será possível.
— Que caralho. Porquê?
E depois a chapada, pior do que uma doença:
— A utente não deseja receber visitas suas.
A minha mãe tinha avisado as enfermeiras, feito saber na recepção que não me queria lá? Fez-me fazer aquela figura de palerma a dizer que queria vê-la e de ser enxotado por uma desconhecida?
— Não me venha com merdas, caralho. Quero ver a minha mãe.
— Lamento, mas não há nada que possa fazer.
Enquanto dizia isto, fez um gesto de chega-para-lá como se eu fosse um animal. Puta que a pariu.

---

* Referente ao fenômeno linguístico conhecido como betacismo, que consiste em trocar a pronúncia do V pelo B. Comum na região do Minho, norte de Portugal, na fronteira com Espanha (N.E.)

Estava a gozar comigo? Achava que era quem? Eu tinha o direito de ver a minha mãe.

— Dê-me o filho da puta do cartão, que eu quero ver a minha mãe.

— Se não se controlar, vou ter de lhe pedir para se retirar.

Estas merdas davam-me a volta à cabeça. As pessoas faziam canalhices e os outros tinham de estar mansos como gatinhos ao sol.

Bati com o punho e gritei-lhe, a ver se ela tinha noção de que não tinha um banana à frente.

— Dê-me agora o filho da puta do cartão ou parto esta merda toda.

E estava disposto a isso, mas chegaram dois orangotangos de farda e tiraram-me dali à força. Até queria ver se seriam tão homenzinhos se viesse um de cada vez. Empurraram-me e armaram ali um escarcéu quando a única coisa que eu queria era a mais normal de todas: ver a minha mãe doente. Os cabrões deixaram-me à porta, não sem antes me ameaçarem: "Se volta a entrar, nem sabe o que lhe acontece." Pois, eles também não deviam saber, e eu estava demasiado enervado para discutir com idiotas. Cá fora, pus-me a fumar a ver se relaxava, sabendo que a minha mãe estava algures ali por cima, tão perto e tão longe de mim.

Quando o Bruno chegou, teve a decência de vir ter comigo, apesar de ter levado a mulher para ir ver a nossa mãe. Perguntou-me se tinha subido, e o que é que eu lhe ia dizer? Um homem tem o seu orgulho, quis dizer que sim, mas ele saberia que não. E bastava-me dar esse passo em falso para não ver a minha mãe.

— Não, estou a fumar. Não queres ir lá dentro

buscar o cartão? Subimos os dois e a Idalete espera um bocado.

Nem olhei para ela e o meu irmão nem chegou a responder, fez um grunhido que queria dizer que sim ou sopas. Ainda hoje, não faço ideia. Sei que entraram os dois e fiquei à espera de que ele saísse para me vir buscar, e o gajo nada. Ainda os vi a andar para o elevador. Podia correr atrás ou ficar à espera deles.

Enquanto esperava, nem acabava um cigarro antes de acender o outro. Ficaram lá quase uma hora e então saíram, e eu sempre com os olhos colados para os gajos não escaparem. A porta do elevador abriu-se e lá vinham eles. Aproximei-me antes de que lixassem tudo e devolvessem os cartões.

Fiz de cão de língua de fora, pedi ao Bruno que me ajudasse a entrar, que me desse o cartão para a mão. Disse que não.

— Que queres que faça, pá? Que queres que faça?

Falava como se não estivesse nas mãos dele, mas ele tinha o cartão e eu não, era só dar-mo.

— Quero o cartão, caralho. Dá-me o cartão. Quero ver a mãe.

— Caraças, Manel. Que queres que eu faça?

Estava surdo ou estava burro?

Continuou a dizer que não. Repeti e ele repetiu também. Irritei-me e tirei-lhe o casaco à força. Levava-o na mão mesmo a pedi-las. Enquanto ele dizia "Deixa-te de merdas", vasculhei-lhe os bolsos. Não estava nada lá e ele ainda teve o desplante de se zangar comigo. A Idalete, para quem eu mal tinha olhado, voltou entretanto e virou-se para o Bruno: "Vamos?" A filha da puta tinha entregado os cartões.

ZÉ

Encontrei-o na rua com o Cheio e ei-lo como sempre, incapaz de olhar para a vida. Ainda antes de nos cumprimentarmos, lá estava ele, alucinado:

— Já viste, Zé? Até a minha mãe pôs contra mim.

Era domingo, ainda nem era meio-dia e ele já estava bêbedo. Em vez de uma meia de leite, meio litro de vinho a deslizar garganta abaixo. Para além da figura triste, dava-lhe um ar sujo, triste e decadente. Andar ao lado de outro bêbedo, este gordo e suado, também não o fazia fazer melhor papel. E ele, outro igual, metia-se a dizer que sim com a cabeça porque um bêbedo ao lado de outro só vai para onde a garrafa manda. O meu irmão chamava Focinho de Toucinho ao gajo e agora andava com ele na rua como se fossem amigalhaços. E insistia, a imputar culpas à Ema:

— A minha mãe, caralho. A nossa mãe.

A culpa era da mulher. Devia comer e calar, levar e calar, e na cabeça dele a nossa mãe não podia, por vontade própria, ter vergonha do filho. A culpa, achava ele, era "da puta da gaja" e odiava-a tão-só por ter o desplante de existir.

A vida dela com ele tinha de ser horrível. "Bebeste a garrafa toda", mas tinha sido ele quem bebera tudo até ao fim. "Fugiste daqui para ires falar com a tua irmã", mas ela nem tinha saído de casa nesse dia. "Andaste a dizer mal de mim ao meu irmão", mas ela não me via há três semanas. "Puseste a minha mãe contra mim, filha da puta", mas ela até tinha vergonha de contar a porrada que levava. Mesmo assim, o meu irmão metia-se na estrada a direito, sem perceber que não ter travões o afastava mais de nós e do perdão: metia-se em mais ficções, escrutinava gestos e palavras, silêncios quase sempre, com uma atenção desmedida a ver se lhe apanhava pretextos para o ataque. Como quase nunca conseguia, inventava-os.

Sinceramente, estávamos no centro de Vizela. Qualquer um nos podia ver ali e incomodou-me que me vissem a falar com dois bêbedos, mesmo que um deles fosse meu irmão. Ninguém levava o Cheio a sério, toda a gente gozava com ele, até porque andava há uns seis meses a chorar pelos cantos e a contar a história do seu coração partidinho aos bocados por uma mulher cujo corpo explorava no bordel.

Não me surpreendeu vê-lo todo perdido da cabeça, ressabiado, um homem a dar a mão a um homem, um cobarde a justificar outro cobarde. Mas, se com o Manel eu tinha de disfarçar, ou se ainda me restava ternura e toda a infância, com o Cheio eu só sentia asco. E, ao vê-los lado a lado, percebia que o Manel não era diferente daquilo. A diferença estava na minha cabeça e no meu sangue. A única diferença era que ele era meu irmão.

O Manel continuava a insultar e a culpar a Ema. Sempre revoltado, quase a parecer dorido:

— Se não fosse ela, eu podia ter visto a minha mãe.

Eu nem lhe respondia, porque nem conversa era, e o Cheio metia-se naquilo sem convite:

— Caralho. São todas iguais. Fodem-nos a vida a todos.

Um homem que leva com os pés de alguém culpa o estrogénio inteiro. E o Manel, em círculos:
— Por causa dela, ontem até me esqueci de ir comprar tabaco.
Tão irritante, tão revoltante. Tive de responder.
— Por tua causa. Por tua causa. Tu é que te esqueceste. Ninguém se pode esquecer por ti.
E ele pareceu confuso.
— Hã?
— A culpa não foi dela, foi tua.
— Foi minha? Ela é que andava para lá a esfregar o chão, a deixar a sala num pandemónio.
— Mas tué que te esqueceste.
— Porque ela deixou para lá um balde espalhado e detergente.
Valia a pena insistir? Mas o Manel continuava:
— Enquanto não dá cabo de mim, não descansa.
E insistia:
— Enquanto não me mata, não descansa, a puta.
E ia à loucura:
— Mas a gaja que se deixe andar a ver se eu não a mato antes.
E o outro bêbedo ao lado:
— É mesmo, fazem de nós gato-sapato, mas um gajo não se pode deixar ficar assim.
E teve o descaramento de pedir o meu apoio:
— Não achas, Zé?
Isto para mim foi uma ofensa porque me punham ao nível deles. Ignorei o gajo, virei-me para o meu irmão. Ainda tinha essa obrigação. Por mais que

tentasse, não conseguia desistir. Desistir era abandoná-lo. Poderia abandoná-lo? Havia alturas em que queria tanto mandá-lo passear.
— Pára de dizer estupidezes. Já ninguém aguenta estas merdas. Pensa no que andas a dizer, pensa no que andas a fazer.
— O quê, Zé? Estás maluco?
— Maluco? Eu é que estou maluco? Foda-se, Manel!
— O que é que queres que eu faça?
— Não faças nada. Está quieto, está calado. Pára de pensar!
— Era o que faltava deixar que se rissem de mim.
— E achas que não se riem?
— Claro que não. Era o que faltava.
— Isso é o que tu achas! Tu é que não vês! Já não vês nada, Manel.
— Vejo mais do que o que julgas. — Fez um gesto de cabeça de criança amuada. Só me apetecia abaná-lo ou dar-lhe um pontapé.
— Caralho, Manel! Caralho! É por merdas destas que a mãe não te quer ver. Estás a ficar um bêbedo de merda, só dizes palermices, e ainda andas na rua com este bronco. O único erro da Ema foi ter casado contigo. Eu, no lugar da mãe, também te mandava para o caralho.

Virei as costas e ainda os senti aos dois para lá a grunhir.

MANEL

Não levei a bem. Claro que não levei a bem. Uma injustiça já mói, mas vinda da família – não tem pés nem cabeça. Naquela altura, a minha vida estava metida num buraco. Ainda deve ser pior do que perder toda a família num desastre. Naquele caso, a perda da família é que era o desastre. Excepto o Paulo, estava tudo vivo e inteiro, continuavam nas suas vidas sem quererem saber de mim.

Fui para casa. Vizela pareceu-me minúscula e mais escura. Vazia. Já nada daquilo era meu. A Ema estava na cozinha e nem me cumprimentou quando me ouviu bater com a porta. Mais do que nunca, eu precisava de uma mulher que soubesse qual era o seu lugar. Queixei-me:

– Foda-se para esta merda. Parece que os meus irmãos bateram com a cabeça.

Cortava legumes e nem se voltou para mim. Insisti.

– Estão armados em estúpidos e não me deixam ver a minha mãe.

Nada.

– A minha mãe, já viste? A minha mãe.

Não respondeu.

– Estás a ouvir, caralho?

Mesmo no gozo, voltou a não responder.

– Ouviste?

E ela lá admitiu que sim. Fiquei à espera de

que se adiantasse, mas nem por isso. A filha da puta estava-se a lixar para mim.
— Fui ao hospital no outro dia e os seguranças não me deixaram entrar. Até parece que a mãe não é minha, que a família é deles.
E a Ema respondeu:
— Pois.
Continuei:
— Não percebo como é que acham que têm o direito de fazer isto. E muito menos como é que os meus irmãos fazem esta figura de ursos. O Bruno até a puta da Idalete levou para lá, e a minha mãe que a ature. Ela ali doente e ainda tem de aturar aquela gaja. E o filho, o filho dela, não a pode ver. — A gaja continuava a cortar curgetes*. — Não acho isto bem. Não acho bem, caralho. Ainda reclamei com o Zé, tem a obrigação de fazer alguma coisa e não faz nada. — As curgetes estavam em bocados cada vez menores. — Não me respondes, caralho? Agora fazes orelhas moucas quando eu falo contigo?
Respondeu e mais valia ter estado calada:
— Que queres que faça, Manel?
— Quero que concordes comigo. Que metas na puta da cabeça que isto não se faz a ninguém. Que percebas que o meu irmão está a ser uma besta.
— Quem, o Bruno?
— O Bruno e o Zé. Os dois.
Respondeu com um suspiro. Ri-me, mas fodido.
— Já se está mesmo a ver que estás do lado deles.
Largou as curgetes, encarou-me. Ainda tinha a faca na mão, mas ai dela se atacasse.
— Pois estou, poça. Pois estou. De que é

---
* Tipo de abobrinha muito usado na culinária portuguesa.

que estavas à espera?
Quase fiquei em choque.
— Estava à espera de que defendessem o irmão, foda-se. De que não deixassem o raio dos seguranças mandar na nossa família.
— Mas tu não percebes, Manel, não percebes mesmo que até os teus irmãos e a tua mãe estão contra ti?
A cabra, em vez de me ajudar, em vez de apoiar o homem, ficava feliz com estas merdas. Estava ali a cortar aquela merda como quem não quer a coisa, mas com um prazer estúpido pelo que me estava a acontecer.
— Contra mim? Foda-se, contra mim? Alguma vez lhes fiz alguma coisa, caralho? Sou bom filho, bom irmão. Não mereço nada desta merda.
Teve o desplante de dizer, de mão na cintura:
— Pois, é a vida. Cá se fazem, cá se pagam.
E eu fervi. Até tinha graça os meus irmãos andarem todos chateadinhos porque às vezes eu lhe chegava a roupa ao pêlo. Como se podia ver, não adiantava nada. Eu chegava-lhe, mas não lhe ensinava o medo. Parecia que só pedia mais, que me provocava a ver se me forçava a rebentar-lhe as ventas.
— És mesmo filha da puta. A minha mãe está doente, precisa do filho e não me deixa ir vê-la, e tu ainda te pões com estas merdas.
Antes de se virar de novo para as curgetes, disse "Olha, é assim, ela é que sabe", sem querer saber de mim para nada por saber que tinha as costas quentes, e que se eu lhe chegasse naquele dia ia sobrar para mim.

ZÉ

Quando a minha mãe voltou para casa, parecia que ainda tinha agarrado na carne o cheiro a hospital. Pela primeira vez, via-a mais como velha do que mãe. Mas velha rija: um dia meio a descansar, e a seguir já aspirava a alcatifa e limpava o pó às bugigangas. Depois do medo de a perdermos, ei-la como sempre, pau para toda a obra.

A Ema ia lá para casa, dedicavam-se as duas à cozinha. Lá estavam elas, mais uma vez, a fazer rissóis. Eu, quando lá passei, até lhes perguntei para quê, para quê tanto trabalho, se no talho os havia congelados, se podiam poupar tempo a metê-los logo em óleo. A minha mãe fazia um deixa-para-lá com a cabeça e eu sabia que acharia indigno meter-se num atalho. Gabava-se do que fazia na cozinha, longe de si comer como os outros. E, ignorando-me, continuava com as mãos na massa, numa mesa cheia de farinha e carne picada com sal e colorau em pó. Depois fazia uma pausa longa – terrível. Perguntava "E como é que ele tem estado?" e a conversa passava a ser outra. A Ema parecia que já nem tinha novidades. Amassava também e dizia "Oh, sabe como é."

Sabia e eu também sabia. Isso não queria dizer que não quiséssemos pormenores para nos enervarmos mais com o meu irmão. Se eu às vezes sentia remorsos por ter de o afastar, imaginava que a minha mãe os sentisse ainda mais. Afinal, tínhamos desisti-

do de um de nós, e a quebra de um laço parece sempre uma traição. Sentíamo-nos melhores quando ele nos dava motivos para o termos longe de nós e sem perdão. E a Ema, desfiando, lá no-los deu:
— Eu não sabia que isto ia ser assim — soltou.
— Então ele continua?
Pausa.
— Continua, Miquinhas. Está sempre nervoso, chama-me nomes e mesmo quando não bate não deixa de dizer que, se quiser, me dá uma coça. E só não bate mais porque o menino da vizinha, coitadinho, se bota agarrado a mim e ele lá tem vergonha quando o vê assustado.
A minha mãe, de repente, espancava a massa. Intervim:
— Calma, mãe, tem de descansar.
As duas trabalhavam e eu estava ali a olhar para elas, de maçã na mão. Enquanto a minha mãe se enfurecia, a Ema meteu lenha na fogueira. E o pior foi que nem me pareceu que se fizesse de vítima ou quisesse lixar o meu irmão. Só já não tinha espaço para o veneno.
— As mulheres têm de estar preparadas para o pior. Como somos mais fracas, fazem de nós gato-sapato. Mas temos de nos defender, e ele que não fique à espera de que eu me cale quando me diz coisas estúpidas. Isso nem pensar, ele que não pense que me cala. Respondo-lhe sempre, mesmo que ele se irrite e que me chame isto ou aquilo. Até me pode dar cabo da cabeça, mas não me vai atar a língua. E também não posso fazer mais nada. Ele queixa-se porque não lhe recheio as lulas, mas eu tenho de ir

trabalhar, a vida não está para tudo, e parece que é um escândalo se aqueço o arroz da véspera. O que é que você acha? Que eu ia desperdiçar o arroz? Isso é que era bom. Só se eu fosse uma patega é que ia deitar comida fora.

A minha mãe apertava a massa com mais força enquanto crispava os lábios. Perguntava sem querer ouvir, mas queria ouvir porque a raiva que dava ao filho tinha de ser alimentada.

— Mas tem-te posto a mão?

E ela, com toda a indiferença:

— Oh, já se sabe como é. Vai pondo aqui e ali.

O crime dela foi ter-lhe sido submissa desde o início. Ele deixou de respeitá-la e julgou que tinha a estrada aberta à frente. A partir daí, era sempre a andar e a dar-lhe gás, e o muro que se ergueu entre eles foi o de não haver hipótese de perdão. A Ema resignava-se, e isso ainda era o pior de tudo. Não lhe passava pela cabeça pedir o divórcio, pôr-se a andar. Ela tinha um salário, aguentaria bem uma casa, e até seria mais fácil do que com ele lá dentro. Ele dava-lhe cabo da cabeça, o que já seria para lá de péssimo mesmo que não lhe desse cabo do corpo. Décadas antes, aquilo começara em amor ou plano, mas já era só uma derrota. E a Ema nem se apercebia de que desperdiçava os anos, derrotada. De que podia ser mais feliz sem ele ou que ninguém diria mal dela se resolvesse ter uma vida decente. Podia ter usufruído da banalidade dos dias, beber um copo a ver a telenovela antes de dormir, sem ter de estar a pensar se a porta ia bater, se ia acabar no hospital, se teria de inventar uma desculpa para mais uma nódoa

negra ou uma ferida em que ninguém ia acreditar. A minha mãe incentivava-a:
— Tu não deixes, Ema. Não deixes. Deixa-o ficar. Porque é que não o deixas ficar? Podes sair de casa, vir para aqui.
— É o meu homem, Miquinhas.
Dizia-o e aquilo sabia a sentença final. O elo fora criado, era impensável rompê-lo. Desatá-lo seria uma desonra.
— É, mas pode deixar de ser.
A minha mãe, que tanto insistira no casamento, que achava que aquilo era na saúde e na doença até à morte, já nem queria saber de beatices. Ia à luta:
— Mete-o cá para fora.
E a Ema amassava sem levar aquilo a sério:
— Já pensou no que é que as pessoas iam dizer? É o meu homem. E ultimamente nem tem estado tão mal. Toda a gente ia achar que eu era má mulher.
Fingia que levava a bem, mas era impossível acreditar na regeneração do álcool, da insensatez, da violência.
A minha mãe ergueu os olhos, olhou para mim, e eu quase me engasguei com um bocado de maçã.
— E tu, o que é que achas?
O que é que eu podia achar? Ele era feito de carne e peso, ela era um fio de mulher a extinguir-se sobre os ossos. Era de tal forma amostra de gente que eu nem percebia para que raio é que ele se dava ao trabalho de lhe fazer mal.
— Sei lá, mãe. Você é que sabe.

MANEL

Não queria, mas tinha de confrontar o Zé, saber se a traição era dele ou da gaja. Eu sei que devia ser indigno desconfiar de um irmão, mas a culpa era dele por ter deixado tantas dúvidas. E é verdade que a Ema era o que era, mas mesmo raramente era capaz de dar uma para a caixa. Tanto apontava para ali: eu sem entrar no hospital, a porta verde da casa dos meus pais fechada, o meu irmão a fazer a sua vida sem me querer lá metido. Sim, era bem provável que estivesse contra mim e eu já conseguia aceitar isso. Aceitar que o meu irmão não era um santo.

Passei no talho a caminho da fábrica. Ele acordava sempre cedo para receber as carcaças. Sabe Deus como aguentava aquele cheiro a carne crua de manhã. Mal o sentia, subia-me o vómito, por isso meti uns golinhos a ver se aguentava. Entrei e, ainda antes das oito, já ele estava com a bata branca manchada de sangue de coelho. Disse-lhe "Então, Zé?" Ele levantou os olhos e continuou a cortar carne. Separava a gordura do músculo e deitava fora o que não queria. Repeti "Então, Zé?" e ele, sem levantar os olhos, disse "Olá, Manel." Reparei que não perguntou se estava tudo bem comigo. Punha-me o trabalho todo nas mãos. Fui em frente:

— A Ema andou a dizer umas coisas.

E ele nem uma nem duas, nenhum gesto

que incentivasse. Parecia que nem queria saber. Fui à luta.
— E eu quero saber se são verdade.
Os olhos parados dos coelhos mortos se sobressaíam em cima do balcão. Ao lado, o meu irmão continuava a escavacá-los.
E nada. Não perguntava que coisas eram, não dava um passo em frente. Não fazia puto para que voltássemos a ser irmãos nem pedia desculpa pelo mal que tinha feito. Ainda estava ali como uma ferida aberta o que me tinha dito quando eu estava nas calmas com o Cheio, sem chatear ninguém.
— Estás a ouvir, Zé? A Ema andou a dizer umas coisas. Não sei se são verdade.
Mais e mais bocados de gordura de coelho. Aquele cheiro metia nojo e a figura dele no meio de carne crua também começou a meter.
— A Ema diz que tu estás contra mim. É verdade, Zé? Estás contra o teu irmão?
Suspirou, impaciente. Ainda sem me olhar, lá respondeu:
— Por favor, Manel.
Mas por favor o quê? Ou sim ou não. Caralho, porque é que não me encarava? Custava alguma coisa responder à merda de uma pergunta? Custava-lhe alguma coisa acalmar-me os nervos?
— É verdade ou não? A puta da gaja mentiu ou ainda queres saber do teu irmão?
Levantou então os olhos.
— Vai trabalhar, Manel. Tenho mais que fazer e não estou para isto.
Apeteceu-me pegar na faca e obrigá-lo a ser

meu irmão de novo. Dava-lhe todas as hipóteses, mas ele não aproveitava nenhuma. Traía-me dia após dia sem remorsos. Não podia contar com ele para porra nenhuma.

 Antes de lhe dizer "Eu até teria vergonha de falar assim com um irmão", dei um golo na garrafa de bolso. O uísque ajudou-me a estar lúcido. O Zé não respondeu, eu não lhe disse mais nada e virei-lhe as costas disposto a não lhe dar mais nenhuma chance. Não era orgulho ferido, era tensão.

 Com esta atitude inexplicável, também o Zé era responsável por me afastar da minha mãe. Sabe-se lá o que lhe diria quando estavam só os dois. Sem o Paulo em casa, tinha o caminho livre para ocupar o lugar dele, tirar-me da frente ou ao Bruno seria canja para o menino bonito, agora transformado em filho preferido. Durante anos, achei que me ia ajudar, que éramos cúmplices na vida, mas talvez a minha mãe tivesse sido vítima de um esquema. E um esquema gatuno que lhe tinha tirado o filho.

 Eu sei que o meu irmão amava a nossa mãe, mas eu amava-a mais. Antes de eles nascerem, era eu no colo, o menino de sua mãe. Nenhum dos três soube o que era ter uma mãe apenas sua. O Zé parecia apostado em querer saber.

 Fui para o trabalho fodido com a vida. Todos os dias era aquilo. Um gajo levantava-se cedo e, com a cabeça cheia de problemas, metia o corpo a trabalhar para dar massa a outro gajo. E esse outro gajo, claro, era o amiguinho do meu irmão traidor.

 Peguei ao serviço sem cumprimentar ninguém. Claro que o Freitas ainda não tinha chegado.

A vida dos patrões era outra coisa: acordar tarde, comer bem, ir de férias para fora. O gajo chegava sempre depois das dez e fingia-se muito ocupado enquanto fazia do povo o monte de estrume que lhe adubava a conta.

Durante a manhã, fui bebendo uns golinhos. Estava tão irritado com o Zé — irritado ou triste, nem sei bem. Há dias em que o cheiro do uísques e agarra a mim como perfume de mulher e fui procurando consolo onde podia. Estavam sempre contra mim por procurá-lo, mesmo que a Ema bebesse o mesmo que eu ou mais. Era uma mulher com sede de homem. Tinha metade do meu tamanho e nem se percebia como metia tanto vinho lá para dentro.

Já depois das dez e meia, o BMW parou em frente à fábrica. O Freitas entrou de fato e gravata e cumprimentou toda a gente sem dar um sorriso a ninguém. Estava tudo abaixo dele. Tinha ar de quem tinha dormido bem a noite inteira, de quem não tinha ido para lá à pressa. Não tinha um horário a cumprir, ninguém a quem dar cavaco. O que mais me custava era ver ricos num BMW a pagar salário mínimo aos escravos enquanto gastavam o triplo na viagem ao Algarve, como se na Póvoa não houvesse peixe e praia, e saber que, mesmo assim, estando nós amassados e estripados, lhes era indiferente que já tivéssemos calos nas mãos. A vida estava feita para larápios e era fodido olhar para as contas. Nunca deixei de pagar impostos, mas o jeito que me dava ter vinte contos a mais. E para gajos daqueles vinte contos eram trocos. Não sabiam nada da vida e queixavam-se de tudo. Não se misturavam com o

povo, nunca os vi no estádio. Dei mais um golinho e, do nada, o filho da puta mandou-me chamar ao gabinete. À minha volta, os outros ergueram as sobrancelhas. Que raio é que o gajo queria? Foder-me a cabeça logo de manhã?
 Piada: nós ao frio a trabalhar e ele com o ar condicionado ali ligado, sem casaco, com as mangas da camisa arregaçadas. Nós de pé, ele numa cadeira de couro. Nós a foder as mãos e ele a brincar com um teclado de computador, que ninguém sabia para que caralho servia. Disse-me assim:
 — Como estás, Manel?
 Achava sempre que fazia boa figura se falasse à paneleiro, mas não me ia arrastar para aquela lama. Respondi-lhe à homem:
 — Que tal, Freitas?
 Mandou-me sentar e eu sentei-me. A cadeira do lado de cá da mesa não se comparava ao cadeirão que ele tinha. Armou-se em estúpido:
 — Já deves saber porque é que estás aqui.
 Eu sabia lá o que é que o gajo queria. Já me irritava ter de estar lá a trabalhar e já sabia que o filho da puta ia armar escândalo se eu pegasse na garrafa. Não se podia fazer nada na merda daquela fábrica, era o mesmo que viver em ditadura.
 — Manel, tenho tido várias queixas.
 Empanquei:
 — Queixas? Queixas de quê?
 — Queixas tuas.
 — Minhas? Então não faço bem o meu trabalho?
 Que não me fodessem. Toda a gente embir-

rava com tudo o que eu fazia, mas meterem-se a inventar era outra história. Até me podiam chamar bêbedo, mas que não me dissessem que eu era mau a fazer aquela merda. Mas o filho da puta disse.
— Pois. Parece que não.
— Parece que não, Freitas?
— Pois é.
— Qual é o problema? Mato-me a trabalhar neste pardieiro.
Sorriu à filho da puta, como quem finge que está triste.
— Olha que não. Olha que não. Chegas tarde, estás mais lento, fazes demasiadas pausas para fumar. E, claro, temos o nosso problemazinho.
— Qual problema, caralho?
Já me remexia na cadeira, irritado com aquela canalhice.
— Bebes ao serviço.
Ri-me.
— Com o calor desta fábrica no verão, um gajo tem de se hidratar.
— Pois, mas não é só no verão.
— Seja como for, um gajo tem de se hidratar.
Ele sorria já sem margem para dúvidas — era alegria.
— Para isso, podes beber água.
— E bebo água.
— Bebes uísque.
— O uísque também tem água.
— É verdade. Mas $H2O$ não deixa ninguém bêbedo.
Levantei-me, irritado.

— Bêbedo? Bêbedo? Outra vez esta puta desta merda? Sim, vou ao café de vez em quando, gosto de um cheirinho como qualquer homem normal. Ia beber chá como um maricas? Não posso ir ao café de vez em quando?
Imperturbável, o gajo continuava sentado.
— Vou pedir-te que te acalmes.
— Acalmo-me a puta que pariu. É sempre isto. Acordo sempre cedo para vir para aqui e no fim ganho uma miséria. E ainda me chamam bêbedo como se eu alguma vez — alguma vez! — na puta da vida tivesse estado bêbedo ao serviço.
O gajo ainda se fez de urso e suspirou.
- E estás, Manel. Quase todos os dias. Quase o tempo todo.
— Não estou, caralho. Claro que não estou.
Eu já andava de um lado para o outro como um animal enjaulado.
— Estás agora. Arrastas as palavras. Cheiras a bagaço à distância.
Parei de andar e debrucei-me sobre a mesa. Tinha o bigode estúpido dele mesmo em frente a mim.
— A bagaço?! A bagaço? É uísque, idiota!
Riu-se e continuou, com aquele arzinho estúpido de quem achava que as mãos gretadas dos empregados não serviam para pegar em telemóveis a cores como o dele:
— Quero lá saber. Dá no mesmo. Lamento termos chegado a isto, mas não tens como continuar aqui. Os recursos humanos tratarão de tudo, vais receber a tua indemnização e tens direito a subsídio de desemprego. Desculpa, mas não vejo outra forma.

— Foda-se, Freitas. Foda-se. A sério? Depois de tantos anos? Depois de eu ter dado a minha vida a esta merda desta fábrica, o Freitas vai acreditar em boatos? É meter o dinheirinho ao bolso e não querer saber dos outros, seu fascista de merda, seu cabrão.
— Manel, sai.
— Vá para a puta que o pariu. Seu filho da puta, seu cabrão. Sempre a meter coisas na cabeça do meu irmão. Arranje um irmão para si, seu filho da puta.

O gajo continuou a mandar-me sair e, não sei bem como, acabaram por chegar dois gajos da fábrica que me tiraram de lá. Filhos da puta também eles. Traidores que lambiam as botas ao patrão. Para o gajo, era igual estar eu ali ou outro, eles ali ou outros. Ele sabia que o dinheiro era certo e o povo não tinha fim. Arranjaria sempre quem estivesse disposto a trabalhar por dois tostões. E aqueles lacaios diziam que sim a tudo, viravam-se contra um deles, julgando que eram mais do que os outros. Filhos da puta todos eles. Baixavam o focinho, não se atreviam a dizer a verdade, fingiam a facadinha de um sorriso porque não queriam sair de lá com um papel com o mapa para a Segurança Social para pedirem o fundo de desemprego e, se tivessem as costas quentes, espetavam uma faca nas minhas sem ponta de vergonha.

Mais de 20 anos a trabalhar na merda daquela fábrica e tiraram-me dali como se eu fosse um cão com pulgas. Um deles dizia, armado em esperto:
— Vai descansar um bocado, Manel. Vai para casa.
E eu respondia como podia responder:
— Vai para a puta que te pariu.

— A sério, descansa, homem. Só estás a piorar as coisas.
Mas a vida já só era um charco. Que raio é que ia fazer agora? O cabrão tinha falado de uma indemnização qualquer, mas eu sabia lá de quanto ou quanto tempo ia durar. Não era justo nem decente e o gajo bem merecia que alguém o empalasse. Filho da puta. E o meu irmão ainda era amigo daquela imitação de gente.
Sem saber que fazer, fui andando para casa. Ao ir, passava sempre pelo talho, e não tinha como não estar irritado com o palhaço do meu irmão. Tinha-me afastado da minha mãe e de certeza que tinha provocado aquilo.
Cheguei lá e o talho tinha alguns clientes. Enchiam os bolsos ao Zé, que nem um copo pagava ao irmão mais velho.
Da porta, disse-lhe:
— Espero que estejas contente, caralho.
Toda a gente olhou para trás e o Zé não disse nada. Também não consegui ler a expressão dele. As pessoas olhavam para mim e eu não queria os olhos de ninguém. Fui para casa.
Cheguei e a Ema não estava. Puta que a pariu também. Fui aos armários da cozinha, peguei num pacote de batatas fritas e meti-me a comê-las em frente à televisão. Ia bebendo uns copos para a vida doer menos. Quando ela chegou, a cama estava cheia de migalhas.
— Então, homem? Hoje não há trabalho?
— Não.
— Não o quê?

— Não há. Hoje não vou mais trabalhar.
— Por quê, fecharam a fábrica?
— Não, fui despedido — disse, como se me tivessem dado folga.

ZÉ

Preparei as espetadas com pimento e empilhei-as. Já tinha vendido umas quantas de manhã. Para mim, era bom negócio: mesma carne, dobro do preço, uns minutos de trabalho. Entretido com isto e já sem clientes, quase nem dei por ela quando o Freitas chegou.

Assim que os olhos se cruzaram, ele atirou um "Desculpa lá, Zé", mas desculparia o quê? Não sabia ainda que o meu irmão tinha ido para a rua, foi o patrão dele quem mo disse. Não era de estranhar, mas más notícias nunca caem bem. Eu já conhecia a história: o Manel aparecia bêbedo de manhã, fazia menos do que os outros, às vezes adormecia à beira das máquinas e ainda achava que a culpa era do patrão. E o Freitas lá dizia, meio tímido, como quem pede desculpa: "Não tive outra hipótese senão despedir o teu irmão. Fazia pouco e estragava-me o material." Com que descaramento é que eu ia condená-lo?

Talvez o Freitas julgasse que amigo empata amigo quando um irmão entra no meio. Voltou a repetir "Desculpa lá, Zé" e eu só pude dizer-lhe "Eu compreendo", embora já tivesse a cabeça noutro sítio. O meu irmão não era homem de saber dar a volta a um problema. Perdera o emprego porque um homem assim perdido nunca se aguenta e os destroços em que metera a sua vida iam mandar pó para as dos outros.

Lembrei-me da Marília. Muitas vezes, antes de dormirmos, a minha mulher perguntava-me "Não achas que devíamos fazer alguma coisa?" e eu respondia-lhe "Isto deve estar quase a parar." Ela calava-se a saber que lhe mentia. Perguntava "Não é melhor prevenir?", eu dizia "Isto já não pode piorar", ela disparava o que eu calava na garganta ("Ele só vai parar quando a matar") e eu zangava-me com ela. O meu irmão podia andar sempre meio aos ésses, mas não era um assassino. Era só um bêbedo nervoso. A culpa não chegava a ser dele, só do álcool que dá cabo da cabeça a homens fracos. Ele seria tão infeliz como a Ema, preso a um vício que ganhava espaço ao homem. Talvez mais infeliz ainda, sem conseguir controlar-se, a agir por impulso, todos os dias martelado pela noção de que era fraco.

 Eu estava nos 40 e tal. Era o terceiro mais novo de quatro irmãos. O mais novo de todos estava morto e enterrado. Tinha amado uma mulher — morta como o meu irmão. Tinha três filhos nas mãos, uma mãe velha que já tinha tido um AVC. Tinha a vida nas costas e o meu irmão mais velho, que tinha a obrigação de facilitar a vida aos outros, conseguia meter-me entulho na cabeça mesmo depois de eu ter decidido desligar-me. Mesmo quando conseguia, ao olhar para ele, não sentir nada. No meio disto, era eu quem aguentava os ímpetos de preocupação constante, uma ansiedade que moía por saber que haveria sempre alguma coisa mal e que teria de ser eu a aparar os golpes, mas eu não tinha vida para tomar conta de um homem.

O Freitas lançava súplicas com os olhos, "Não te chateies, Zé, sei que é teu irmão, teve de ser." Eu não podia chatear-me com ele, principalmente porque era evidente que só aguentara o Manel na fábrica tanto tempo por ele ser meu irmão. E, se até eu quebrara o laço, como não iria ele fazê-lo? A diferença, claro, era que ele se libertava e eu tinha de apanhar o lixo.

Despachei-o, garantindo que entre nós nenhuma espiga. Era hora de fechar o talho, os miúdos deviam estar para chegar para o almoço. Fui a casa e os mais novos já lá estavam. Dali à escola, era um pulo, vinham juntos. Cada um tinha pegado no seu *tupperware* com os restos do jantar. Disse-lhes:

— Então, já chegaram?

E a do meio respondeu com a ironia que eu merecia:

— Pois, pai. Parece que sim.

— Pois, claro. Aqueçam a comida no microondas, sim? O pai tem de sair.

— Vais sair agora? – perguntou o Dimas.

— Vou.

— Mas acabaste de chegar.

— Pois é, mas tenho de ir à livraria.

Não tinha, mas sabia que também não podia estar em casa. Quis subir as escadas, falar com a minha mãe, mas o que é que ia dizer? E ela lia-me melhor do que os miúdos, se me visse aflito ia ficar aflita. Ao contrário do Manel, eu pensava no que era melhor para a minha mãe. Ao contrário dele, que a sugava, que nos sugava a todos, tinha de protegê-la.

Saí, ainda sem que o mais velho chegasse. De criança a adolescente fora um tiro, eu bem sentia que já o irritava ter de ir a casa para almoçar com a família. Com a idade dele, também eu começara a olhar para fora.

Passei pela livraria, mas não entrei. Era o mesmo que com a minha mãe: por um lado, queria falar com o meu pai; por outro, não. Às portas da reforma, continuava com o trabalho de gerir aquilo tudo, e já o fazia sem o Paulo. A vida consistia em resistir aos dias e eu não ia pôr mais peso nas costas do meu pai.

Segui pelo jardim e pela praça até perto da casa do meu irmão. Ia entrar sem convite, inventar uma desculpa, sei lá o que faria. Mas, sentado num banco de pedra na praça, lá estava ele – fralda por fora, garrafa na mão, botões desabotoados, um blusão coçado por cima. O sol de inverno batia-lhe em cheio e a decadência exibia-se no centro da cidade. Fui ter com ele.

– Então, Manel?

Ele olhou para mim e, pela primeira vez, disse-me:

– Foda-se, Zé. Vai para o caralho.

Era impaciência ou bebedeira ou eu sei lá. Sei que o meu irmão comigo nunca era assim. Ei-lo já sem nada a esconder.

Perguntei:

– Como é que estás?

Expirou.

– Como se quisesses saber.

De novo, fazia-se de vítima.

– Claro que quero.

— A sério, Zé. Vai para o caralho.

Tudo o que me faltava era vontade para estar ali a falar com ele, mas aquele caco em forma de gente era o meu irmão.

— Já soube o que se passou.

— Pois.

— O Freitas contou-me.

— O teu amiguinho. Não me digas.

— Não é meu amiguinho.

— Teu irmão é que não é.

— Pois, óbvio.

— Foste tu que lhe disseste para me mandar para o caralho?

— O quê? Claro que não.

— Não foste?

— Não.

— Não lhe disseste para me despedir?

— Eu? Mas que raio?

— Duvido muito.

— Por que é que haveria de fazer isso?

Ergueu a voz.

— Não me faças de estúpido, caralho. Eu sei que queres ficar com a mãe.

— Quero ficar com a mãe?

— Queres. És um traidor. Queres ficar com a mãe e, para isso, atropelas um irmão. Não me fodas a cabeça, Zé. Eu sei bem o que fizeste. Deves estar contente com a morte do Paulo. Para ti, é menos um. Deves ter saído do funeral para uma festa. Dás cabo de mim agora e a seguir deves ir ter com o Bruno para lhe meteres veneno para ratos no café.

— Estás completamente louco.

— Vai-te foder. Eu sou o maluco, sou o bêbedo, sou um merdas. Tu és o menino da mamã, fazes sempre tudo bem. Deste cabo da vida a dois irmãos. Tem vergonha na puta da cara. Nem eu nem o Paulo te faríamos esta merda.
Estava maluco. Bêbedo, maluco, os dois, sei lá. Fosse o que fosse, as conclusões eram óbvias: a culpa nunca era dele, o delírio safava-o sempre. Mas eu já estava farto daquilo e não estava ali por ele.
— E a Ema?
Ele encolheu os ombros, indiferente. Cheirava a álcool.
— A Ema o quê?
— O que é que lhe fizeste?
— Nada de especial. Por quê? Isso que interessa? Foda-se, Zé. Deixa-me em paz. Deixa-me em paz, caralho.
— Nada de especial? — repeti.
— Sim. Nada de especial. Deixa-me em paz. Que caralho queres?
— Quero a verdade. Que fizeste à Ema?
Levantou-se e começou a andar de um lado para o outro. As pernas fraquejavam, mas o braço que agarrava a garrafa tinha força.
— Deixa-me em paz, Zé. Não estou para te ouvir hoje.
— Tens a certeza de que está tudo bem com a Ema?
Sem olhar para mim, continuou descontrolado:
— Só queres saber da gaja. Puta que te pariu também. E o teu irmão que se foda. Fizeste-me a folha forte e feio. A mãe também é minha, caralho. A

mãe também é minha. E o filho da puta a falar de indemnização e o caralho, sei lá quanto é que aquela merda dura, e ainda por cima não fiz nada, fui tramado por ti e pelo cabrão do teu amigo.
Tudo aquilo era bizarro. Eu já conhecia os olhos dele. Ali com medo, fugidios, com um desafio de quem atira a ver se pega, a queixar-se de tudo e mais alguma coisa como sempre. Aquilo não cheirava bem, mas era inconcebível que ele a tivesse espancado e ido espairecer a seguir.
Fiz tenção de o deixar ali a ser o bêbedo que era, mas, antes de começar a andar de novo em direcção à casa dele, vi a Ema sair de lá com pressa para o trabalho. Ao contrário dele, estava inteira.

MANEL

Só lhe tinha dado dois berros e o meu irmão já estava a assumir que eu tinha armado o cão. Isto fodia-me os cornos, nunca me davam crédito, nunca me tinham respeito, tratavam-me sempre como se eu fosse o rei dos lorpas.

Eu estava numa hora má, tinha acabado de perder o emprego, e ainda por cima injustamente, por causa do nojento do amigo do meu irmão. O Zé, que, já agora, só sabia apertar os atacadores porque eu lhe tinha ensinado – eu é que o ensinei, caralho, a fazer isso e tantas coisas –, vinha armado em homem a olhar de lado e de cima, mas sem querer ver dentro, sem querer ver nada, a lixar-se para mim e a querer estragar-me a vida. Não lembrava a ninguém que um homem visse o irmão enterrado na lama e não fosse lá buscá-lo, não limpasse a lama, não convidasse sequer para a porra de um café. Eu dava-lhe uma hipótese atrás da outra e o gajo nem queria saber, nem reparava no favor que eu lhe fazia, e depois metia mais um golpe. Estava eu sozinho a aguentar a família que ele e o Bruno queriam partir ao meio. Tiraram-me a mãe, afastaram-me dos sobrinhos, nem quiseram saber que não fosse justo que toda a gente me fodesse. Pelo contrário, parecia que faziam de propósito, mas como é que se trai um irmão? Como é que não se defende, acima de tudo, o que é carne desta carne? É sempre mais fácil ter em quem bater, mas não devia ser assim tão fácil fazer o que não cabe na cabeça de ninguém. No fundo, eu até gostava de ser como eles – receber raiva, dar indiferença. Era o que mereciam, ser aplacados por nada. Em vez disso, eram eles a trair-me e eu sempre o único a amar em força bruta.

Exausto com esta merda toda, deitei-me na cama e devo ter dormido a tarde inteira. Quando acordei, já era noite e eu estava cheio de sede.

Ouvia-se um zumbido ao longe, cheirava a estrugido. A gaja tinha ido trabalhar e vindo, fritava cebola sem ter preocupações. Para ela, era tão fácil, ninguém lhe exigia nada. Bastava-lhe ser mulher para ter tudo de mão beijada.

Eu já tinha perdido tudo, estava com a vida toda fodida, e ela ali dentro a fazer o jantar. A família dela tratava-a como gente e, pasme-se, a minha também. Gatuna como era, nem defendia o homem quando alguém lhe ia aos calos. O cabrão do meu irmão queria saber mais dela do que de mim. A minha mãe não me abria a porta e a gaja sempre lá metida a fazer rissóis ou a falar com ela ou a rir com ela ou a puta que a pariu.

Deu-me vontade de dar cabo deles todos, os traidores que deixaram sozinho um homem que nunca os abandonou. O Zé vendeu um irmão ao patrão e o cabrão foi na cantiga, deu-me cabo da vida, como se eu não soubesse que ele também só queria uma oportunidade para me espetar a faca nas costas e ser o melhor amigo à frente do meu irmão. E depois desta merda eu tinha de voltar para casa e era aquela gaja que eu tinha. Sempre aquela gaja, aquela vassoura vestida. O cabelo parecia palha de aço. Será que lhe custava muito, ao menos um dia, pôr amaciador como todas as mulheres, chegar perfume, cheirar a sabonete em vez de a comida acabada de fazer? Andava sempre de bata em casa, enfiada em trapos, e não tinha figura que eu pudesse querer mostrar aos outros. E às vezes até à rua ia assim vestida, com uma bata de andar por casa manchada por molho de tomate ou gotas de vinho ou o caralho. Puta que a pariu. Não servia para nada, era um belo saco de entulho. Estúpida, magra, mal arranjada, sem um dente. Parecia um conjunto de ossos mal amarfanhados com uma amostra de carne seca em cima.

Abri a porta da cozinha. Lá estava ela, com a porcaria da bata e aquele cabelo de merda. Passei-me da cabeça.

Os meus olhos viram os dela e aquilo foi demais. Se eu não podia ter a minha família, era o que me faltava que a gaja pudesse.

Ela nem teve tempo de perceber o que viria. Abriu a boca de espanto, mas já não havia volta a dar. A raiva encheu-me as mãos. As mãos queriam encher-lhe a cara. Dei-lhe dois socos como quem descarrega o braço e o corpo dela cedeu por não poder nada contra mim. Ainda ouvi estalar o prato que ela deixou cair no chão e o choque dela foi tal que se esqueceu de respirar — já só tinha energia para sofrer aquele dia.

Tombou e eu agarrei-a pelo pescoço, ali escondido sob a bata. Logo a seguir, foi o destino: deitei-a na tijoleira e pus-lhe um joelho sobre o esterno. O fogão estava ligado, a cebola fritava e eu senti-a respirar devagarinho, aflita por não conseguir meter mais ar. O pânico nem me vingou, fez-me impressão. Dei folga ao joelho e abanei-a. Ela, meio quilo de gente, já não podia fazer nada. Tentava rebater com os braços, mas não havia hipótese, eu era um corpo inteiro em cima dela e oitenta quilos de homem não a deixavam respirar. Agarrei-a pela cara e bati-lhe com a cabeça contra o chão. Ela gemeu, depois parou, com os olhos perdidos entre o sofrimento e o terror. Perguntei "Estás viva?", ela respondeu "Acho que sim" e depois não conseguiu dizer mais nada.

Havia sangue no chão e tínhamos de acabar aquela merda. Já não era culpa dela, mas não dava para parar. Viver assim era impossível. Em vez de um homem, eu era um vulto. Não tive outro remédio senão recuperar a minha vida.

Os ossos do pescoço eram finos, nojentos, como ossos de galinha. Agarrei-os com toda a força que tinha nas mãos. A Ema esforçava-se por respirar, mas não lhe ia adiantar nada. Os olhos saíam das órbitas, quase inchados, e ela abria a boca para tentar sorver o ar. Estava vermelha e feia como um bode.

O fim era aquilo e eu estava cheio de aguentar a vida. Aquele corpo gasto, aqueles gestos sem jeitos femininos, aquela tábua hirta que me sabia a vida torta, tudo me irritava. Eu vinha de uma família a sério, ela tinha ficado órfã depois de nascer. Não era àquela merda que eu estava destinado. Ela nem se tinha dado ao luxo de entender o privilégio e a causa de todos os problemas da minha vida era aquela mulher desenxabida, grisalha antes do tempo, que ria como uma alarve e não sabia estar em público. Ia descarregar em quem? A culpa era daquela gaja que me tinha estragado a vida. E se o meu irmão e a minha mãe gostavam assim tanto dela, que viessem amá-la agora.

    O estrugido a fritar guinchava-me nos ouvidos, a Ema ainda estava em pleno choque, surpreendida e aterrorizada ao mesmo tempo. A respiração rouca, quase inútil, também me entrava na cabeça. Coitada, com aquela não contava, cheguei-lhe em cima sem aviso. Cheguei a ter pena, mas já não podia ser de outra maneira.

    O oxigénio só lhe chegava num fio aos pulmões, e então deixou de chegar. Os olhos, há pouco arregalados, fechavam-se sem força. Ela serenava e eu também. Sentia pelo menos que chegava a um caminho sem retorno. Para quem tinha a vida aos ziguezagues, não era coisa pouca. Num segundo, ainda me correram os anos que tínhamos deixado para trás. Também houve bons momentos, mas em geral a vida teve demasiada luta. Talvez, de vez em quando, eu também lhe tenha quebrado as expectativas. Quando a larguei, a Ema estava quieta, talvez para sempre, e o que havia dentro de mim já não contava. Não me deu vontade de fugir para não mais voltar porque eu pertencia àquele chão.

ZÉ

Vizela fica no Minho, norte de Portugal. É uma fenda longa num vale em vários tons de verde onde a água corre debaixo de cada pedra. Cheira a pinho.
Por aqui, o rio corre entre as margens curtas, fazendo de espelho da terra e das árvores. É perigoso no inverno, quando a chuva cai a sério, e no verão chama-nos para dentro. Quando se tem pouco, gaba-se muito, mas nós gabamo-lo muito por ser o melhor rio do mundo.
Foi aqui que a vida deu para o torto. Tantas décadas, tanta gente, e parece que tudo o que podia dar errado aconteceu. Foi aqui que sonhei a vida que não tive. O meu casamento para sempre acabou antes do tempo, foi no meu chão que tive de meter o meu amor e a família de onde vim partiu-se em estilhaços.
É fácil para um homem achar que o que conhece é imutável e mais fácil ainda é julgarmos que conhecemos as pessoas. Os anos passaram e a imagem dele ainda é nítida: o Manel a ensinar-me a apertar os atacadores, a chutar a bola, comigo à baliza, a roubar maçãs das árvores, à pancada no recreio, escondido no armário; o Manel mais velho, a olhar para as raparigas, ou entretido no quarto a ver fotografias; o Manel a experimentar álcool e a bebê--lo quando julgava que ninguém estava a olhar para ele; o Manel como homem feito, casado, à espera da vida, à minha frente; adulto, a tentar engravidar

uma mulher. Nunca o consegui imaginar pai, mas lembro-me bem dele com a minha filha ao colo. A tentar entupi-la de gelados. A jogar à bola com os sobrinhos. E, acima disto, lembro-me do meu irmão completamente bêbedo, de voz arrastada, sem mão nos passos. Era tudo o mesmo homem. O sangue não me deixou entender que era um mau homem.

    Para quem não conhece a história, deve ser fácil julgá-lo, achar que gente assim nasce para matar. Anos volvidos, ultrapassada a história, dá para ver a vida em panorama, ver no Manel um rapaz que nunca se chegou a fazer homem. Custava-lhe mais do que aos outros atirar-se à vida. Bastava vê-lo com os sobrinhos para sabermos que dentro dele havia amor. Quando eram bebés, até se punha a vê-los dormir só para que nenhuma mosca lhes pousasse. E com a nossa mãe era igual. Mesmo que por vezes me magoasse a forma como ela o tratava, o Manel nem isso via, cego naquele amor de filho. Seguia-a como um cão com fome, endeusava-a, desfazia-se perante ela, "minha velhinha, minha mãezinha". Talvez sentisse remorsos pelo desgosto que lhe dava. Encabulava-se, sofria uma dor só dele, e mesmo assim continuava porque não conseguia evitar ser quem se tornara. Não bebia por querer. Bebia porque era fraco e contra isso não podia fazer nada.

    Foi preso e podemos dizer que está a cumprir a sua pena, mas não há nada que cure o mal que nos fez, menos ainda o mal que lhe fez. Durante meses, qualquer um de nós tinha vergonha de ir à rua. Nem era apenas o medo de nos ligarem a ele, era o medo do olhar do outro sobre a nossa incompetência.

Quem quer que olhasse para aquilo faria a sua sentença em dois segundos: "É um bêbedo, é violento, chega-lhe forte e feio, é um cabrão, vai matá-la um dia." Foi um cabrão e matou-a.

Não há desculpa que chegue, não há pena que atenue. Ainda hoje, ao pensar no corpo partido da Ema metido num caixão, sinto horror, nojo, vergonha, tristeza e eu sei lá. Nem sabia que era possível sentir tantas coisas a olhar para um cadáver. Ao levar o caixão, lembro-me de o pousar devagar, de não querer mais nenhuma ferida, nenhuma mácula, nenhuma dor. Uma boa intenção que não servia para nada.

A minha mãe chorava e chorava, e havia tanta fúria quanta dor. Em cima de nós estava o desespero de não termos feito nada a tempo. Teria sido tão fácil evitar aquilo tudo. Do meu irmão na cadeia já ninguém queria saber. De nós já não merecia nada. Cada pecado dele era uma traição.

Duas vidas desperdiçadas estão na conta do Manel. Ainda se fez de imbecil, "Foi um acidente, foi um acidente", sem perceber que já não tinha um lugar de honra perante nós, que ninguém ia engolir mentiras, que não íamos aceitar o crime. Que não acreditávamos no coração estragado de um crápula. E, ao ser detido, vociferou que a mãe isto e aquilo, que o irmão aquilo e isto, sem perceber que já ninguém o via — só tínhamos olhos para ver a mulher morta.

O Manel achou durante demasiado tempo que lhe bastava ser irmão, que não tinha de provar nada, que nem precisava de acertar. Que nós éramos a rede do trapézio para a maldade. E, se é verdade que o lugar dele, no centro das nossas vidas, lhe fora atribuído à nascença, também o é que se enganou ao sobrevalorizar o sangue e ao julgá-lo um salvo--conduto para a loucura. Mesmo depois de a matar, nunca lhe passou pela cabeça que nós nos pudéssemos ter perguntado o que é que ela veria nele. Já estava preso há anos e ainda me insultava, e ao Bruno também, por não perdoarmos que tivesse assassinado a mulher com as próprias mãos. Queria existir sem cobranças, pondo nos outros a culpa de não ter sabido ser gente.

Não sei se chegou a sentir remorsos. Fui vê-lo à cadeia algumas vezes, mais por obrigação do que por vontade, mais por querer perceber do que por querer dar-lhe algum consolo. Nunca deixei de sentir nojo e nunca perdoei, assim como nunca perdoei que ele não tivesse tido nojo. E, para piorar tudo, ainda tinha de arcar com o meu asco por mim.

Ao vê-la morta, soube que podia tê-lo evitado, mas não o evitei. Claro que se soubesse que seria naquele dia me teria interposto. Claro que se adivinhasse que a semana seria aquela a teria levado para a minha casa. Claro que se houvesse provas, ou pelo menos indícios fortes, teria feito qualquer coisa. Tento safar-me pensando que, horas antes, tive uma intuição e fui procurá-la, zangar-me com ele, mostrar aos dois que não ia fechar os olhos. Mas foi um percurso de décadas, andava tudo às aranhas, umas vezes melhor, outras pior. A vida é assim. Olhando para trás, percebo que era evidente desde o primeiro instante, mas como é que se adivinha qual é o instante final?

Sei que devia ter feito qualquer coisa, mas ainda não percebi qual foi o momento em que errei, o que só pode significar que errei o tempo todo. Vejo as minhas mãos, manchadas por uma culpa que não devia ser minha, e quase vomito ao pensar numas iguais à volta de um pescoço de mulher.

    A sensação de derrota seca tudo à volta. Pensei muito, mas não evitei nada. Uma intuição não basta para mudar o destino às coisas. E — parece impossível — a falta de futuro da Ema foi sangue que ficou nas minhas mãos.

Impresso no primeiro semestre de
2025 para a editora Diadorim

Fonte
IvyPresto Text